做一粒幸福的种子

沈爱莲　著

中国出版集团　现代出版社

图书在版编目（CIP）数据

做一粒幸福的种子 / 沈爱莲著. — 北京：现代出版社，2023.9

ISBN 978-7-5231-0552-8

Ⅰ. ①做… Ⅱ. ①沈… Ⅲ. ①日记—作品集—中国—当代 Ⅳ. ①I267.5

中国国家版本馆CIP数据核字（2023）第179820号

做一粒幸福的种子

作　　者　沈爱莲
责任编辑　张　霆
出版发行　现代出版社
地　　址　北京市安定门外安华里504号
邮政编码　100011
电　　话　010-64267325　64245264
网　　址　www.1980xd.com
印　　制　北京政采印刷服务有限公司
开　　本　710mm × 1000mm　1/16
印　　张　12.5
字　　数　204千字
版　　次　2023年9月第1版　　2023年9月第1次印刷
书　　号　ISBN 978-7-5231-0552-8
定　　价　58.00元

第一辑　孩子——闪闪发光

从“花脸”开始 / 002
日记起航了 / 004
做一只小蜗牛 / 006
写得有意思 / 008
点亮童心 / 010
天生的诗人 / 012
喜欢的玩具 / 013
温暖孩子 / 015
端正坐姿 / 016
都得满分 / 018
笔尖上的玩具 / 020
唤醒后进生 / 022
天天练 / 024
最美逆行者 / 026
一头会魔法的狼 / 029
君子兰 / 033
抄答案 / 035
夸出好日记 / 036
“三种腿” / 037
月亮河 / 038
小豆豆 / 040
读出好童话 / 041
给学生发言的机会 / 042
小蜗牛坚持走 / 044
神奇的动物 / 046
只管读 / 047
宝葫芦的秘密 / 050
有孩子就有春天 / 051
树叶的香甜 / 053
作业全批 / 055
看视频课 / 056
耐心等待 / 057
一个也不少 / 059
我们成长着 / 060
“趣”味实验 / 061
“趣”味发明 / 063
孩子们的“繁星” / 064
感谢孩子们 / 066
正话反说 / 068
先抑后扬 / 069
水到渠成 / 070
读书小组 / 072
历史迷 / 073

第二辑　自我——生命觉醒

百年师大 / 076
教学有道 / 077
现场备课 / 079
教学勇气 / 081
同课异构 / 083
整齐划一 / 086
观课议课 / 087
一课一得 / 089
让梦飞翔 / 091
现场说课 / 094
唤醒和点燃 / 095
柳暗花明 / 096
幸福的种子 / 098
竹子定律 / 101
最好的修行 / 102
语用教学 / 104
播撒美丽 / 106
教学的本 / 108
学以致用 / 110
五柳春色 / 112
何谓好学 / 114
教师的山水情 / 116
写给伙伴们的信 / 117
不减责任 / 120
成长看得见 / 123
思维导图 / 124
被动的鱼 / 125
一棵树的想象 / 126
相逢是首歌 / 128
小小的漂泊者 / 130
语文味 / 132
夏天里的成长 / 133
让课堂“发酵” / 134
浸泡名家课堂 / 135
年龄不是问题 / 136
师恩难忘 / 137
儿童立场 / 140
幸福成长 / 143
亲密关系 / 145
作业设计 / 147

第三辑　团队——向光而行

任重道远 / 150
扬帆起航 / 152
书香致远 / 154
小荷露尖角 / 156
趁着春天 / 158
一个接一个 / 160
“新”光绽放 / 162
相遇在宁波 / 164
一课三磨 / 166
又见名师 / 168
心灵的叩问 / 170
高山仰止 / 172
岁月静好 / 174
新教材，新挑战 / 176
也学牡丹开 / 178
发光的人 / 180
宅家“悦”读 / 182
星火相照 / 184
助力村小 / 186
携手教研 / 188
代表工作室发言 / 190
再当主持人 / 192

第一辑

孩子——闪闪发光

1

教育就是让每个孩子发光，

让每个孩子用自己的方式发光！

这朴实而又蕴含深刻道理的话语，

涵养着为师者的思想和情怀。

为师者的初心使命，

点亮着这个世界大大小小的希望，

充满希望的孩子会使这个世界生机无限！

有了这样的心愿，

我们没有任何理由，

不认真对待每一个孩子！

2019年8月27日　星期二　晴转暴雨

从“花脸”开始

因为“臭美”，在朋友的鼓励下，我利用暑假做了面颊祛斑美容，斑点还未消失，所以戴着口罩来到了学校。今天我要和孩子们谈一谈写日记的事情，那么怎么开头呢？

“宝贝们，暑假过得好吗？想不想老师？刚才你们见到老师心里肯定有想法，现在请说出你们真实的想法，真实的想法哟。”

“老师的脸上肯定是长了痘痘不好看，所以戴口罩。”

“老师上火了，嘴上有一个大包，所以要戴口罩。”

“那是风湿。”一个孩子大声补充道。

“老师的牙掉了，还没有修好，所以戴了口罩。”

“我在想这是谁呀，戴个口罩来我们教室干什么？”

“我看见这个人穿的衬衣和长纱裙就是沈老师上学期穿过的，我想这个人一定是沈老师，可为什么戴口罩呢？”

“头发短了，还戴着口罩，为什么要戴口罩呢？是出门撞破了鼻子吗？”

“老师一定是前几天刮风下雨感冒了，怕传染给我们。”

“老师脸上得病了，怕见阳光、怕见风，可是现在在教室里为什么不摘掉口罩呢？”

孩子们的想法稀奇古怪但很温暖。“想不想看一看呢，我要摘口罩了。”孩子们一下子都坐起来了，眼睛睁得大大的，一本正经地看着我，好像在等待奖品一样。

“噢！”“啊！”不同的语气，代表不同的反应。孩子们都不说话了，从他们的表情中，我感受到了他们对我的关心。

“老师一定很难受。”

“老师生病了，生了什么病？”

“老师脸上像用黑色的笔点上了黑点。”

“像吃了巧克力，没擦干净。”

看到孩子们积极表达着对我的脸的好奇，我决定趁热打铁。“同学们都是善于观察、善于思考的人。把自己每一天看到的、想到的写下来，这就是日记。我们上二年级了，要为自己的童年写点东西，写给长大的自己，写给未来的自己。从今天开始，老师和你们一起写，好吗？”

全班都把手举起来了，他们的眼睛在发光。接下来，我把全班孩子分成四个小组——“小果果”“小露珠”“小雪花”“小星星”，让这四个小组进行比赛。孩子们都喜欢自己小组的名字，迫不及待地开始用彩笔装饰起来。

写日记就这样从我的“花脸”开始了。我想孩子们永远不会忘记这样的开始，希望在我的脸变美的同时，孩子们的日记也美丽起来。

小步走，不停步，我将走进孩子们的童心，也用我的童心记录我人生新征程的开始。

2019年8月28日　星期三　多云

日记起航了

早读时分，沐浴着和煦的阳光，呼吸着窗外清新的空气，我在鸟儿们欢快的歌声中欣赏着孩子们的第一篇日记。他们的日记大多写的是我的“花脸”。有的写一句话，有的写三五句，有的表示惊讶，有的表示猜测，但都很温暖。其中有几篇是这样写的：

例1：沈老师走进教室，我猛地一看，咦！沈老师怎么戴着口罩？同学们都充满了好奇，有的同学问沈老师是不是感冒了，有的同学问沈老师是不是上火了……沈老师轻轻地摘下口罩，我们仔细一看，原来是脸上长“黑痘痘”了。

例2：沈老师进来了，她戴着口罩。为什么会戴着口罩呢？我们感到奇怪。沈老师摘了口罩，我们都很惊讶，她脸上长了很多小黑点，为什么长？我也不知道。

例3：沈老师进教室时，戴着一个蓝色的口罩，我们都默默地注视着。等老师把口罩摘下来后，我惊奇地发现，沈老师脸上长了许多黑色的痘痘，我想沈老师一定是过敏了。希望沈老师早日康复！

例4：开学第一天，一个老师戴着口罩走进教室，头发短短的。我以为又来新老师了，仔细一看，原来是沈老师。沈老师今天为什么戴着口罩？正想着，她把口罩摘掉了，我发现她脸上有很多黑色的点点，就像用墨汁点上去的一样，真是太奇怪了，一个假期过后老师就变样了。

还有的写的是开学第一天的心情，昨天阵雨后看到的彩虹，读本学期的新语文书，以及包书皮的事：

以前的书皮都是用透明的玻璃纸包的，很好看。可是现在老师让我们用土黄色的牛皮纸包。这是为什么呢？难道玻璃纸不好看吗？

在津津有味的日记欣赏中，我发现了许多问题，最大的问题是日记的格式不对。下午，我用一节课的时间对昨天的日记进行了评价。我先用PPT结合范文展示并讲解日记的正确格式，然后在投影下展示、评价孩子们的日记。结合题目、句子、词语、标点等细节表扬了二十几位学生。

开了头就不能停。开学第二天，忙碌而有意义，孩子们的日记从我的“花脸”起航了。希望他们的日记也能在童年的时光海洋里扬帆远航。

2019年8月29日　星期四　晴

做一只小蜗牛

不是因为有水平才去写，而是写着写着就有水平了。

孩子们今天的日记关注了身边的事。

例1：今天上体育课的时候，我发现原来的郭老师换成了高老师。高老师个子高高的，头发长长的，扎个马尾，有点严厉。上课时，她带我们去操场上自由活动，我们玩得很开心。我喜欢我的体育老师。

例2：我起床有点晚了，出门迟了。我跑出家门，冲进学校，操场上一个学生都没有。我紧张极了，一直在想：我迟到了吗？老师来了吗？一不留神，我走进了一年级（1）班的教室。老师，您觉得我可笑吗？

例3：今天下午读《论语》的时候，我发现一张好笑的图。上面画着一位母亲拿着戒尺在打一个不好好学习的小孩，就像我不好好学习时，妈妈打我一样。

还有几个孩子写上了题目，很有意思。

弟弟不见了

中午放学，回到家里我发现弟弟不见了，就连忙跑去问正在做饭的妈妈："妈妈，我的弟弟不见了。"妈妈笑着说："傻孩子，弟弟上幼儿园了呀！"哦，我竟然给忘了，弟弟已经长大了，也是大孩子了。

可爱的弟弟

下午放学，妈妈带我和哥哥去看小弟弟。到了舅舅家，看见了刚满月的小弟弟。他长得真可爱，圆圆的脸蛋，一双眼睛忽闪忽闪地看着我们，两只手紧紧抱着奶瓶吃奶，生怕被谁抢走似的。

小果果日记

早上我看了一本书，叫《七个小淘气》，书里有一句话让我十分感动："虽然乖狐狸知道莲花峰很高很高，虽然乖狐狸知道想要得到小仙女的夜明珠太难太难，但是为了救出七只小鸡，乖狐狸决心上莲花峰找小仙女。"

仍然有4个孩子格式不对。不过没关系，日记已经扬帆起航了，慢慢来，不停步就是成功。

小蜗牛，只要爬到山顶，就会和雄鹰一样，看到美丽的景色。

2019年8月30日 星期五 阴

写得有意思

我今天早早地来到教室，就是想尽早欣赏孩子们的日记，和期待的一样，果然有惊喜。

例1：科学课上的内容是了解地球。地球一直跟着太阳玩转圈圈的游戏。太阳在中间，地球围着太阳一刻不停地转圈圈……

例2：5岁的弟弟很可爱，向前梳的头发还是齐刘海，小小的眼睛骨碌碌地转，就像小星星一眨一眨的……

例3：课间操的时候我发现了一件很好笑的事情，我们在做一个踢的动作时，有人竟然把鞋踢飞了……

例4：我发现东边红红的，有个火球从远处的树梢上跳了出来。这时，爸爸走了过来，我对爸爸说："爸爸你看，太阳变成火球了。"爸爸说："那叫日出。"……

孩子们第三天的日记让我有些激动，我对他们说："看了你们昨天的日记，老师心里乐开了花儿，因为我看到你们日记里都记录了有意思的生活，你们把自己的童年留在了日记里，把自己的眼睛藏在日记里，把你们心里想的写在了日记里。有的同学写了昨天科学课、美术课、语文课上发生的事，还有心里的想法，这多么了不起！还有些同学写上学、放学路上和操场上的趣事，这是多么有心啊！"

孩子们的眼睛闪闪发光，身子坐得笔直，笑着看着我。他们闪亮的眼睛里满是童心，像阳光般温暖着我！

有个孩子只写了这样一句话：

今天，老师选同学们表演《小蝌蚪找妈妈》，我被选上了，好开心啊！我们的表演太搞笑了。

之后，我以这个孩子的日记为例，引导孩子们怎样写出更多的句子——

可以写出动作、表情、语言。

有同学立刻补充说：

今天，老师选同学们表演《小蝌蚪找妈妈》，我被选上了，好开心啊！我们蹲下来，跳上讲台，再跳下讲台，还“呱呱呱”地叫着，太搞笑了，同学们都笑得趴在桌子上了。

有个孩子也写了一句话：

今天早上，爸爸骑着电动车送我上学，我很开心。

对此，我又引导孩子们写出更多的话——可以写坐在电动车上看到的、想到的。

有同学补充说：

今天早上，爸爸骑着电动车送我上学，我很开心。马路上车很多，有自行车，有小汽车，有摩托车，还有大大的公交车。但爸爸的车最快！一会儿就到学校了。

还有同学说：

今天早上，爸爸骑着电动车送我上学，我很开心。低年级的家长们都在送孩子上学。有的骑着自行车，有的开着小汽车，还有的带孩子坐公交车。高年级的大哥哥大姐姐们大多是自己上学。家长们都很辛苦，等我上了三年级也要自己上学。

有40位学生的日记被表扬，受到表扬的孩子们欢欣雀跃，日记进行曲就这样欢唱起来。日记，让孩子们记录有意思的生活，让我的教学平凡而有意义。

2019年9月2日　星期一　晴

点亮童心

今天，我用两节课的时间看完了孩子们周末的日记。

孩子们的日记里有了“眼睛”，有了人物细微之处的动作和样子，有了景物描写；孩子们的日记里也有了“耳朵”，能听到说话声，剪头发的嗡嗡声和咔嚓咔嚓的声音；孩子们的日记里也有了“心”，写出了心里真实的感受。

我感觉日记起步是成功的，如果没有日记，我看不到孩子们的内心，感受不到他们每天的快乐，也看不到他们写话的进步。看到孩子们用日记记录生活，用日记留住美好的童年，这种感觉非常美妙，恐怕只有看过日记的老师才能体会到。

《小蜗牛周报》也如期出版了，它像刚出生的婴儿，欣欣然张着眼睛好奇地看着孩子，孩子也好奇地看着它。孩子们在上面寻找自己的日记，有的发表了两篇，有的三篇，大部分同学发表了一篇，但也有8个孩子的日记还没有在《小蜗牛周报》上发表。

没有发表日记的孩子心情有点低落。为了让每一个孩子都成为闪烁的小星星，我特意选了4名日记写得好的同学，组成“一帮二小组”，让小伙伴之间进行学习交流。帮助别人的孩子很快乐，被帮助的那几个孩子脸上也露出了笑容，童心点亮童心，也点亮了我。

看着孩子们都兴奋地拿着小报，我问：“孩子们，小报发到你们手中了，你们该怎样做呢？”有的孩子说回家就给妈妈，有的孩子说回家保存起来，还有的孩子说放在保险柜里。

哈哈，看来他们真把小报当成一个宝贝了。“孩子们，我们不光要写日记，要每周在《小蜗牛周报》上发表日记，更重要的是我们要去读报、评报，然后更好地去写日记。所以，周一到周五，请你们认真地读报，然后在报纸的后面评出你最喜欢的五篇日记。周五下午第二节课，我们集体读、报评报。特别是，要上台读你最喜欢的日记哦。”

孩子们听懂了，都迫不及待地读了起来。放学后，他们郑重地拿着报纸回家了。这样的日子，虽然有点忙，但是我觉得孩子们收获了很多。

2019年9月3日　星期二　多云

天生的诗人

日记的内容要不断丰富。

在上《我是什么》一课时，正好有这样一句话："我平常在池塘里睡觉，在小溪里散步，在江河里奔跑，在海洋里唱歌、跳舞、开会。"孩子们说水是快乐的、自由的、调皮可爱的，就像我们一样。

"那么，你们平常在家中不同的房间里都干什么呢？"我让孩子们联系自己的生活说句子。

"我平常在客厅里看电视，在卧室里睡觉，在书房里写作业，在饭厅里吃饭。"

"再想想你们在学校里不同的地方干什么？"

"学校里，我在音乐教室唱歌，在电脑室学拼图，在舞蹈厅跳舞，在画室学画画。"

之后我加大难度，让孩子们联想大自然的小花、小草说句子。

"小草在阳光下成长，在风中跳舞，在雨中唱歌，在雪中睡觉。"

让我惊讶的是"在雪中睡觉"这句话，孩子们的想象总是那么神奇。

儿童是天生的诗人！这句话一点儿没错。对于孩子们，要让他们多阅读童诗，激发、激活他们的想象力。

孩子们的日记里应该有自己的想象。

下午，我给孩子们读了这样的童诗——

《衣柜是傻瓜》：冬天，穿短裤/夏天，穿棉袄/开门，哈哈笑/你说它傻不傻？

《长颈鹿》：如果我有一只长颈鹿/我就可以坐在它的脖子上/它的脖子伸长、伸长、再伸长/这样我就可以看到奶奶了/我的奶奶在另一个世界/我是多么、多么想念我的奶奶。

每天给孩子们朗读一首童诗，读着读着，孩子们就会写童年的诗了。

2019年10月14日　星期一　阴转晴

喜欢的玩具

孩子们要进行写话训练了。

第一次写话一定要激发孩子们的写作兴趣，一定要让孩子们写出真情实感。课标中对第一阶段写话的要求是：对写话有兴趣，写自己想说的话，写想象中的事物，写出自己对周围事物的认识和感想；在写话中乐于运用从阅读和生活中学到的词语；根据表达的需要，学习使用逗号、句号、问号、感叹号。

为了上好孩子们的第一次写话课——“写自己最喜欢的玩具”，我精心准备了课件，早早地拷贝到电脑上。

第一节课，我批阅了孩子们周末的日记，发现孩子们对自己的玩具写得不够好，我挑了有代表性的几篇准备上课用。

第二节课，我抱着孩子们的日记走进教室。

看着孩子们一张张纯真的小脸，我想：一线老师一定要认真阅读教材，真诚地用教材教学。诚意抵达，才能出现效果。

于是，我打消了打开课件的念头，而是让孩子们打开书，认真地读写话要求：“童年的时光里，每个人都有自己喜爱的玩具，你最喜爱的玩具是什么？它是什么样子的？它好玩在哪里？先和同学交流，再写下来。”

我特别关注到最后一句话：“先和同学交流，再写下来。”于是，我让学生先交流，一个问题一个问题交流，一组同学一组同学上台交流，然后依次点评指导。我从“题目”到“喜欢的玩具”“样子”“好玩在哪儿”再到“写下来”，分4个自然段给出写话的支架——让孩子们能看得见、够得着的支架。因为都是孩子们自己的玩具，所以他们听得很认真。

下午的第一节课，我批阅了所有孩子的写话，孩子们都写得不错。题目都以“自己喜欢的玩具”命名，开头空两格，标点占格，都能分段写出喜欢的玩具的样子、玩法。个别学生没有按要求写，错别字也很多。上第二节课时，我让全班同学帮助他们修改句子写不完整、没有标点、开头没有空两格等问题。放学前，每一个孩子都交了一份有模有样的写话，背着书包高高兴兴地回家了。

综上所述，只有基于教材，诚实教学，当堂完成；基于学生，用心执教，激发兴趣，真实写话；关注后进生，耐心引导，降低门槛，才能获得好的效果。

我还要继续激发学生的写作兴趣，而激励、赏识很关键。

2019年10月26日　星期三　晴

温暖孩子

“老师，张浩然又玩橡皮！”

张浩然是个聪明又好动的孩子，经常敞着衣服，一副什么事都无所谓的样子。课堂小动作多，和同桌有说不完的话，对老师的批评置若罔闻。

他现在的同桌是周昱辰——班长、“学霸”，但面对“嬉皮笑脸”的张浩然也只能给我告状。怎么办？再批评他一顿？既影响全班学生，又起不到教育作用。那又该怎样教育因之前学了孟浩然的古诗而得名的“张诗人”呢？

“没事的，人家是‘张诗人’，和李白、孟浩然一样的大诗人，不需要听讲，他什么都会，不能和我们小学生比的！”孩子们都咯咯咯咯地笑起来，有的笑得前仰后合，“张诗人”也不好意思地笑了。

“同学们，你们要专心听讲，可不能学‘张诗人’。”孩子们都坐端正了，张浩然也坐端正了，我顺势点名“张诗人”上黑板听写。

张浩然上台把“自以为是”写成“自已为事”，孩子们又开始笑。

“宝贝，上课专心听讲，长大才能当诗人！”

张浩然点点头，很不好意思地走下去。课间操，他依旧敞着棉衣在寒风中做操。我走过去，拉上了他的拉链：“这样不但不冷，还很帅！”他真的很帅，高高的个子，大眼睛，双眼皮，一笑起来有很可爱的小酒窝，甜甜的。

我给他照张相，让他自己看。他笑了，孩童的笑，很清澈。

我们在课堂中首先要激发孩子学习的兴趣，而不是批评和打击孩子。我们的目的是激励所有的孩子更好地学习，而不是惩罚一个孩子来告诫其他孩子，因为真正的教育是唤醒孩子的内心。

对于学生的小缺点，教师要用宽广的胸怀接受并用激励的方式让学生改正。那样的话，师生都会沉浸在美好的时光中不断成长，比传授知识更重要的是温暖孩子的内心。

2019年10月28日　星期一　晴

端正坐姿

为期一周的“送教下乡”结束了。作为一名老教师站在“国培”的舞台上，我的幸福感、成就感是满满的。可是，当回到二年级（1）班时，我的学生们却给我浇了一盆冷水。

“沈老师来了！”“老师，没人上课，同学们都大吵。”“中午午读都不好好读了。”……

几个小组长小麻雀般地抢着汇报。

上课铃响了，和我预料的一样，孩子们的坐姿千奇百怪，有趴着撅屁股的，有哈着腰低头的，有手乱翻的，还有貌似坐得端正，但眼睛四处乱瞟的。不同的坐姿，不同的想法，但相同的是思想开小差——不聚精，何谈会神?

作为一名老教师，我怎能容忍这样的现状。我认认真真地在黑板上用红色粉笔写下了两个大字——“正坐”，很严肃地看着全班的孩子们。约莫半分钟，声音嘈杂的教室里出奇地安静，孩子们正襟危坐地看着我。

我点名班长上讲台，在黑板上工工整整地写下“正坐”两字。我一边观察每一个孩子的坐姿，一边说：“‘正’字的五笔组成，一横一定要写得平平的，就像一位同学坐在课桌前端端正正，肩膀平平的；一竖要写得直直的，就像一位同学坐着不仅肩膀平平，还要挺胸抬头，腰杆直直的，这样是不是显得很挺拔、很精神、很帅气呢？”

此时，大多数同学都情不自禁地挺起了胸、抬起了头。我继续说：“第三、四笔就像我们的两只胳膊，放在课桌上，与胸齐平。最后一笔很重要，支撑着我们的身体，稳稳地，让我们的身体纹丝不动。去掉第一笔‘一’就变成了‘止’，这就是说，上课了，同学们要停止一切声音保持安静，停止所有的动作，坐端正。”

同学们又挺了挺胸、抬了抬头。

“同学们，再看这个‘坐’字很有意思，就是并肩的两个同学坐在一起，目视前方，不能交头接耳、互相影响。‘土’字的这一竖长长的，直直的，把两个人分开，就是告诉同学们要自觉遵守课堂秩序。”

此时的教室里特别安静。我给每一组一个奖励贴。

但毕竟是孩子，不一会儿，几个平时爱捣蛋的孩子又开始撅屁股了，还把下巴贴在桌沿。

例如，班里的王锦洋，是一年级第二学期转来的，特别好动，爱做一些古怪的动作，课堂中一直哈着腰，似乎要把自己装进课桌里。为了帮助他，在本学期开学，我让他当了副班长，就是希望他能严格要求自己。今天的王锦洋，身板笔直。在我的夸奖中，王锦洋更加自信地坐着专心听讲，展示给每个孩子看，成为大家学习的榜样。

从以上例子不难发现，学习从端正坐姿开始，会有良好收获。

2019年10月29日　星期二　晴

都得满分

“我得了2个100分，太好了！”

“我也是。”

“我得了1个100分。”

今天做语文配套练习册中的《雾在哪里》和《雪孩子》两课。当把语文配套练习册发下去时，孩子们迫不及待地看自己的得分，大部分孩子的脸上洋溢着快乐的神情。只有个别几个孩子不高兴，他们因为粗心，没有得到100分，得不到老师的“红苹果”奖励贴。

我先评价上次的练习：“今天有进步的是贺晨翾、张焜，给他们奖励6个红苹果。”

“啊？”“啊！”有些同学不相信，有些同学很吃惊。

自从开展语文配套练习册评比以来，孩子们的坐姿、书写都进步了，特别是一些后进生，进步很快。这让我有一些小喜悦，于是我继续开启表扬模式：“本节课，希望大家向他们学习，争取得到2个100分。比赛从端正坐姿开始！”

孩子们都把背挺了挺，安静地进入比赛模式。我悠闲地走在桌道中，看看这个摸一摸（主要是平时调皮的），看看那个夸一夸（主要是平时书写乱的）。“今天雷昊辰不但坐得端，而且书写很美！”“一个比一个写得好！”我故作惊讶道：“厉害了，今天的字都写得这么好，看来都是100分了。我得多准备奖励贴了。”

孩子们自己审题，自己答题，就像考试一样，不同的是他们可以提出自己不会的地方。个别孩子提出难懂的问题，同学解答不上来的我来解答，教室里充满着和谐积极的学习氛围。

和孩子们共享着井然有序的课堂，如同享受冬日暖阳一样温暖。坐姿、审题、书写……100分，这样的要求是在课堂中依托语文配套练习册完成的，能真正地培养孩子们的好习惯。

我用了一节课的时间批阅作业，心情是愉悦的，看着孩子们工整的书写，完美的100分，我心中荡漾着收获的喜悦。

2019年11月2日 星期六 晴

笔尖上的玩具

孩子们的第一本写话集已经整理、校订成册了。今天，我要给孩子们的这本童年书——《笔尖上的玩具》写序言。

童年是什么？读着孩子们笔尖上的童年，思绪回到40多年前，我的童年。我的童年里没有玩具，但趣味盎然，溜土坡、拔草喂猪、拣煤拾炭。当然，还有在小树林里捉迷藏，田埂上奔跑，瓜地里睡觉，大草垛上看白云，操场上用树枝写生字……童年是那个时候放在嘴里甜到心里的一块糖，童年是儿时伙伴在一起踢毽子、滚铁环，童年是过年盼望穿新衣、吃饺子。

但对于现在的孩子们来说，有一种童年叫作“我们的玩具”。小木马一定是孩子们最忠诚的伙伴了，孩子们可以坐在上面一次又一次地摆动，一次次欢笑。涂鸦填色本，一个本子，一盒彩笔，就足够让孩子们画出属于自己的小小天地。七巧板绝对是必备玩具，对小孩子的吸引力可以说非常大了。橡皮泥柔软易变形的特征，也让它在孩子群里备受瞩目，无论是花朵儿、小猫、小狗，还是吃的苹果、香蕉，都可以用橡皮泥捏出来。芭比娃娃，是女孩子的最爱，穿衣打扮、打针吃药、跳舞唱歌等玩法奇妙无比。玩具枪可是男孩子的特长，玩玩具枪要长枪短枪一起开始，再配上各种小人，排开战场，嘴里还发出不同的声音，真是“枪林弹雨”。

二年级的第一篇写话就是“写自己最喜欢的玩具”，这也是孩子们写作的起点。为了让孩子们真实的生活走进写话，让写话走向孩子们真实的生活，让孩子们的笔尖流淌真情实感，让真情实感留住孩子们的美好时光，让孩子们的写话有动力、有趣味、有读者——未来的自己，同时让我的课堂教学丰富而生动，让我的教学生活有意义，孩子们的童年书——《笔尖上的玩具》诞生了。

这本书里有一张张可爱的笑脸，一个个奇妙的玩具，一种种奇特的玩法，有新颖独特的题目，形象生动的语言，有“童话世界”“动物王国”“奇妙想象”“梦幻芭比”“汽车赛场”“奥特曼战队”……

这本书里有一段段美好的时光，一个个美好的愿望，一颗颗闪亮的童心。翻开这本书，你会听到孩子们的欢笑，看到孩子们的梦想，体会到孩子们的智慧。这是孩子们的第一本书，以后，还会有第二本、第三本……

感谢孩子们，感谢家长们。这本书也是我的生命存档，因为你们，我的生命有了更多的意义和精彩。我将带着童心和爱心，带着孩子们的梦想飞翔，飞到那遥远的地方！

2019年11月8日　星期五　晴

唤醒后进生

课堂是学生的，让每个孩子都能积极学习，让每个孩子都能自己动起来、学起来，是教师的责任。

今天的课堂中：

“昨天晚上预习得可好？”

“好！”

“敢接受挑战吗？”

“敢……”声音小的是平时的后进生，他们很努力，但是缺乏自信，课堂中教师要多关注他们。

“小组长先在小组中检查读一读。”

小组长们争先恐后行动起来，他们重点检查自己小组中的后进生。

“牛海瑶、贺晨翾上台！”“漂流、漂亮、漂洗……”“扎风筝、扎针、挣扎……”她们掌握了在语境中理解、读准多音字的方法。

两位小可爱和平时判若两人，迎来了掌声，赢得了个人的两个奖励贴，赢得了小组的两个奖励贴，小脸红扑扑地下了台。

接下来是学习生字，受到表扬的牛海瑶、贺晨翾学得很认真。

中午我走进教室，看书的牛海瑶和贺晨翾抬头对我笑了。因为听写本100分的孩子中有他们。

班上还有一个小女孩叫王静婉，和奶奶一起生活。她的作业有时交有时不交，交上来的都是卷着卷儿的，书写很乱，我每次都要给她展开。她有个姐姐在四年级，每天她会等她的姐姐一起回家。早晨我经常遇到她自己坐公交车上学，从未迟到过。

我表扬她的书写，还给她贴奖励贴，慢慢地，她交作业的次数多了起来。一次，王静婉课间站在小凳子上擦黑板，黑板上面够不着，她在长教鞭的一头缠上湿抹布擦，擦得很到位，看来平时就没少帮奶奶干活。看见我进来，她冲我笑。圆圆的脸蛋，大大的眼睛黑黑的，脸上有几颗小小的雀斑，一笑，露出小虎牙，很是可爱。“你擦黑板的样子真可爱，而且很有方法。”她笑得更甜了。从那以后，她看到我总是甜甜一笑，我也一笑。

今天我查改错，走到她跟前，她自豪地大声说：“老师，我听写也得了100分！”连她的同桌都感到惊讶。我拿上她仍然有点卷的本子开始表扬：“同学们，今天听写100分的举手。今天要特别表扬的是王静婉，还有坚持努力的牛海瑶、贺晨翾、苏竟之、张任恺，给他们贴6个奖励贴。”

每个孩子都是闪亮的星星。后进生要使劲夸，我们的评价一定是激励更多的孩子进步的利器。

激励赏识永远是我的教育教学法宝！

2019年12月17日　星期二　晴

天天练

对于“的、地、得”，孩子们在句子中经常会写错。特别是“地”和“得”好像永远用不对，老师经常讲，孩子们经常错。

自从使用部编版教材以来，我发现二年级的课本中就有很多这样的训练：

《妈妈睡了》课后题：照样子说一说“明亮的眼睛、水汪汪的眼睛、（　　）的眼睛；乌黑的头发、波浪式的头发、（　　）的头发”。

《寒号鸟》课后题：照样子说一说“冻得直打哆嗦、热得直冒汗……；冷得像冰窖、热得像（　　）……”。

《雪孩子》课后题：雪孩子变成了一朵（　　）的白云，雪孩子变成了（　　）的水汽。

“语文园地五”：（　　）天空飘着（　　）气球，（　　）池塘开满（　　）荷花。

“语文园地七”写话：看图想象，写出小老鼠干什么？发生了什么？孩子们想象得很好，可是“吓得（　　）”中“得”都用错了。

我认为必须进行专项训练。正好教学《风娃娃》，课文中有：他深深（　　）吸了一口气、水哗啦哗啦（　　）向田里流去、船飞快（　　）跑了起来。参照这样的例句，我结合文本和之前的句子对孩子们进行了专项训练。

严格要求如下：在日记中注意用对“的、地、得”；读书时发现“的、地、得”句子多读几遍；在训练看图写话时，注意用对“的、地、得”。

这样，教师、孩子、家长都参与“的、地、得”的专项训练。这样，课堂、家庭、课外书中都渗透了“的、地、得”的教学。这样，孩子们可以处处学习用好“的、地、得”，效果很明显。日记中错别字减少了，每天的听写中满分增多了，看图写话也是，因为孩子们把“的、地、得”用对了。

我惊奇地发现，“的、地、得”的训练只是一个小小的“突破口”，收获的是“拨云见日”的感觉。我们平常认为不可能做到的事情，大部分是因为我们不够重视和没有有效的策略。

只要相信孩子，从细节入手，给孩子们搭建够得着的学习平台，孩子们一定会改变，会变得比原来更好。

2020年2月15日　星期六　晴

最美逆行者

批阅了20多位同学发来的宅家作业，我被几篇真实的日记打动了。

最美逆行者——我的爸爸

刘正洋

我的爸爸是一名普通的一线通信服务人员。当大多数人都待在家里躲避病毒时，爸爸和他所在的政企支撑团队的叔叔们冲锋在一线，时刻保障着政府、疾控中心、医院等关键部门的网络通畅。

腊月二十九的早上，我们早早起床，收拾好东西，等爸爸带我们回老家过年，我们等啊等，一直等到吃完午饭，爸爸都还没回来，我们很生气。大约下午两点钟的时候，爸爸回来了。原来有人感染了新型冠状病毒，这种病毒传染性非常强，只要一和感染者接触就会被感染。第二人民医院也成立了发热门诊，设置了防疫帐篷，爸爸一上午都在给他们安装值班电话。

正月初四，爸爸去社区修宽带，看见社区的叔叔阿姨们只戴着口罩在值班，就联系认识的人帮社区的叔叔阿姨们找了一批护目镜，给他们送了过去。正月十三早上，爸爸连早饭都没吃，就和同事去为中央储备粮库布放光缆，抢修电话，一直到下午四点才回来。我看见爸爸端着杯子的手在发抖，问了之后才知道，原来爸爸中午只吃了一根火腿肠。我听了之后有点儿生气，就对爸爸说："老师说了，目前情况特殊，一定不能出门，要待在家里，你还出去干活，电视里天天在说病毒就像魔鬼一样可怕，难道你不怕吗？"爸爸却说："这是我的工作，也是我的责任。"

看着爸爸疲惫的笑容，我好像理解爸爸为什么出去了。爸爸身体一直不好，免疫力低下。每次爸爸出去，回来的时候，都会认真地消毒。每次我都看见爸爸站在门口，妈妈拿酒精把爸爸浑身上下喷个遍的情景，我和哥哥都觉得又好奇又好笑。可我们知道爸爸是为了家人和邻居的安全！

这个寒假，我和哥哥也听话地待在家中。看到电视上说每天都有人因为新型冠状病毒失去生命，我好难过，我好想变成钢铁战士打跑病毒。可妈妈说我们待在家里就是在和病毒战斗。可冲在最前面的明明是那些白衣战士，他们难道不怕危险吗？我真敬佩他们，也敬佩像爸爸一样为了保护更多人而每天工作的叔叔阿姨们。

我觉得我的爸爸也是最可爱的人！

妈妈，我爱你

强国

爸爸告诉我白银确诊的那例新冠病毒感染患者在妈妈工作的医院——中西医结合医院。

我听了以后大吃一惊，吓坏了。连忙问爸爸："爸爸，你确定吗？"爸爸说，新闻都说了。我的脑子"嗡"地一下，心脏"咚咚咚咚"地跳了起来。

病毒那么可怕。武汉都封城了，电视上每天都说有人因为这个病失去生命。病毒那么狡猾，防不胜防，戴着口罩、全副武装的医护人员有的也感染了，甚至失去了生命。

我不禁担忧："妈妈没事吧！得赶紧让妈妈回家。"我赶快给妈妈打电话，电话那头传来妈妈的声音："没事的，医院有防护措施，妈妈会注意的。你在家听爸爸的话，好好读书。""妈妈，你回来，我想你了！"我哭了。"宝贝，我们医院的叔叔阿姨们都在坚守岗位，我怎么能临阵脱逃呢？"是呀，妈妈是一名医生，不仅要保护我们，还要保护更多的人。

我擦干眼泪说："妈妈，我听话，你一定要保护好自己。"

为了战胜病毒，也为了保护我们，妈妈和我们隔离了。我和弟弟待在家中，妈妈在医院照顾病人。我想妈妈的时候只能打电话和用微信，有时甚至一整天也打不通电话。

我和弟弟每天在家有好吃的，有爸爸陪，而妈妈却一直在加班照顾她口中的"更多的人"。妈妈忙的时候只能吃方便面和咸菜。这些都是我从妈妈朋友圈看到的，而每次看到我心里都好难过。

我想对妈妈说："妈妈，加油，你是最美的天使。你一定要照顾好自己，平平安安的，我们等你早日回家。”

妈妈，我爱你！

青藏线的活雷锋

张卓远

爸爸的朋友张叔叔是一名卡车司机，青藏线的活雷锋。疫情期间，他挺身而出，给武汉协和医院无偿送去一车又一车的蔬菜和医疗物资。爸爸每次和他视频通话时都会叮嘱张叔叔，让他一定要保护好自己，跑完这一趟就回家。但是张叔叔每次都一脸严肃地说：“国家有难，匹夫有责，我们不能在这个关键时刻做缩头乌龟。”

是啊，正是因为有许许多多像张叔叔这样的活雷锋，我们才能安心待在家里。让我们齐心协力，抗击疫情吧！加油！

最美逆行者

程家乐

今年，我度过了一个超长的寒假，因为新型冠状病毒，我们只能宅在家而不能去上学。面对突如其来的疫情，许许多多的勇士不怕牺牲，依然奋战在一线，他们就是最美逆行者。

我觉得最美逆行者首先是钟南山爷爷，当他听到武汉有新型冠状病毒侵入时，他马不停蹄坐车赶到武汉。接受采访时钟南山爷爷眼中泛起了英雄的泪光，说：“武汉，是英雄的城市，武汉人民是能够过关的！”

他真是令人钦佩呀！我的身边也有许多最美逆行者。我们小区的保安是一位头发花白的老人，但他始终坚守在自己的岗位，认真登记、检查每一位出入小区的人员。他告诉大家：“这可不是开玩笑的事，我们要对自己和他人的生命负责。”

还有白衣天使、人民警察、社区干部、环卫工人、志愿者……他们都是我们的守护神，他们都是最美逆行者。

2020年2月17日 星期一 晴

一头会魔法的狼

2020年的寒假，孩子们恐怕要一直在家中度过了。

正在发生的，就是孩子们要学习的，而疫情和灾难就是孩子们的教材。生活就是语文，写下就是成长。

我们要做的就是引导孩子在家有计划地读书，让孩子们在深刻的“教材”中自我成长——不光是自我言语能力的提高，更是心灵的洗礼。

所以，我让他们写一写，因为他们有话可写。但怎样写好呢？事实上只要稍加引导，孩子们就可以写出不一样的文字，因为真实的事件正在发生，无须写作技法的过多指导。

孩子们“宅”家的日子一定有不一样的事情发生，了解“新型冠状病毒”不是他们的全部。在漫长的“足不出户”的光阴中，他们会玩、会闹、会发脾气；在一天天看似重复的日子里，他们也会慢慢懂事，开始找有趣的事，比如读书、运动、看动画片，同时感受发生在身边的事。

所有这一切只有写下来，才能让孩子们刻骨铭心，才能让他们真正从内心深处成长。只要抓住这非常时期的特殊“教材”，再稍加引导，他们就可以做到有话可说、有情可诉，从而潜移默化地提升了其言语能力。

的确如此，因为今天又看到了不一样的宅家日记。

我的梦

陈佐元

一个长得像花冠一样的东西来到我的面前，大声说：“我叫新型冠状病毒，我喜欢在人体中旅行，在旅途中我还能将病毒传染给别人。比如，如果两个人说话时咳嗽了一下，我就能顺利地进入另外一个人的身体。我还喜欢免疫力低下的人，如果这个人挑食或者爱熬夜，我也会进入他的身体。”

说完，这个看似美丽的东西很快变成了恶魔，披头散发，张开大嘴，露出尖尖的牙齿，朝我扑来。我吓得抱头就跑，一路跑进了卫生间，接了水使劲向恶魔泼去，还戴上了口罩。恶魔大笑道：“你不要出来，只要你出来我就吃了你。”我浑身发抖，大声喊：“妈妈——妈妈——”这时，一个穿着铠甲的白衣战士从天而降，恶魔一见，仓皇而逃了。

我也被妈妈叫醒了。妈妈说武汉的火神山、雷神山方舱医院已经建好了，还有疫苗也快研制出来了，我们很快就要战胜病毒了。我知道，那个梦的结局一定会实现的。

家有“两宝”

刘正洋

看到这个题目，大家肯定想说“两宝”是我和我的哥哥，其实“两宝”指的是两种植物——藤三七和仙人掌。为什么说它们是宝呢？因为它们在关键时刻能起到很大的作用。

先说仙人掌吧。刚放寒假的几天，我得了腮腺炎。得了这个病之后，我就一直高烧不退，身体热得像个火球似的，妈妈就把仙人掌的刺拔掉，再捣成糊，敷在了我的脸上，过了几天，我的病就好了。

藤三七就更神奇了。年前，爸爸得了带状疱疹，每天疼得无法入睡，妈妈就把藤三七的叶子捣成糊，敷在爸爸腿上，用保鲜膜包上，过了几天爸爸的病也好了。

这两种植物可真是宝贝呀！

“宅”家游戏

龚容辉

放假了，我写完了假期作业，想着过年回老家好好玩一玩，却听到有新型冠状病毒传播的消息，接着武汉封城了。之后情况一天比一天严重，疫情传播到了全国各地。我们小区也被“封”了，我们待在家中，不能外出。

一天又一天，我过着这样的日子：吃了睡，睡了吃，白天看一会儿书，写一会儿作业。其余时间，我们只能在家里玩一些小游戏。这段时间我学到了很多的新游戏，如弹跳乒乓球、数卡牌等。我还自制了大转盘，自创了游戏“转转乐”。“转转乐”是这样玩的：首先，在桌子上倒放一个碟子，再在碟子上放一个小勺子，接着在勺子里放个小东西，只要把勺子压起来就可以了，最后在碟子的周围摆上你喜欢的和不喜欢的东西。

准备好物品之后游戏就开始了。我们一家人用“石头、剪刀、布”的游戏来决定谁先开始，要求谁转到什么就得拿走什么。刚开始特别容易中奖，可越到后面就越不容易中奖了。我转到了我爱吃的橘子，妈妈转到了核桃，爸爸转到了吃饭的筷子，我们每一天都更换食物和物品。

老师说，只要不外出就是和病毒做斗争。即使在家里，我也要每天快乐读书，快乐玩耍。我相信我们伟大的祖国，一定能够打赢这场战役。武汉加油！中国加油！

在家一日游

刘锦瑞

最近新型冠状病毒肆虐，我站在窗户旁往外看，大街上几乎看不到行人。

吃过晚饭，妈妈提议说：“咱们去散散步吧。”我说：“现在疫情这么严重，怎么还敢出去到公园散步呀？”妈妈说：“不去公园也可以散步，咱们就在家里散步。”我好奇地问：“家里这么小怎么能散步呢？”妈妈笑着说：“家里虽然小，但是我们可以跟电视小品上说的那样，从大峡谷走到图书馆，再从美食街走到后花园，意思就是说从客厅走到卧室，再走到厨房，最后走到阳台。”我觉得这个提议好极了，就这样我们一圈又一圈地走了好多圈。

这种感觉真的像是在公园里散步，但是我觉得这还不够好玩，我又提议：“妈妈，咱们开火车旅游吧，我当火车头，你当火车尾，这样不是更有意义吗？”“好极啦，那我们就按你说的走吧！”就这样，我们在家中“坐上火车旅游”，可开心啦！

虽然因为新冠病毒出不了门，但是我们可以在家和病毒做斗争。不出门不给政府添乱，保护自己就是保护大家。我真希望赶快战胜病毒，那样大家就都能恢复正常的生活了，在一线抗击病毒的叔叔阿姨也不用那么辛苦了。加油武汉！加油中国！

一头会魔法的狼

吴翌菲

同学们，《一头会魔法的狼》你们读了吗？书中有一头热情、善良、富于幻想，会点小小魔法的狼。今天我读完了这本书，我想请这头会魔法的狼来到我们人类世界，它一定会用魔法赶走新型冠状病毒。于是，我也自创了一个童话故事——《一头会魔法的狼》。

春天到了，魔法学校的狼毕业了，女巫校长一边颁发毕业证书，一边担心地说："这个春天人类的灾难来临了，有一种病毒叫作新型冠状病毒，这种病毒传染性非常强，只要染上，就会一传十、十传百。你要去帮助人类战胜它。"狼自信地回答道："保证完成任务。"

狼一走出校门就察觉到一丝恐怖的气息，它又向前走了几步。突然，狼看到一个小小的、长得像花冠一样的病毒。它吹了一口气，很快就用魔法消灭了这个病毒。正当它兴高采烈的时候，又发现周围有成千上万个病毒。它们说："人类杀了我们的妈妈，毁了我们家园，我们要让死神带走人类。"

狼意识到这种病毒的可怕，它赶忙一边配魔药，一边念咒语："脖子扭扭，屁股扭扭。"用全身所有的魔法攻击病毒，同时付出了自己的生命。刹那间，狼和病毒一同倒下。

狼奄奄一息地说："这个世界是大家的，人类要保护好所有的动物和植物。"

同学们，我的童话怎么样？我希望病毒赶快消失，我们能摘掉口罩，回到校园，一起在操场上嬉戏打闹。

2020年3月16日　星期一　晴

君子兰

今天读了周星辰同学写的观察日记《君子兰》很不错，可以以此来激励其他同学，让孩子们的日记有新的内容，那就是观察家中的花花草草。

君子兰

周星辰

妈妈卧室的窗台上养了很多花，其中有一盆君子兰，已经养了快两年了。

半个月前，妈妈给花浇水的时候，突然惊奇地发现君子兰开花了。妈妈兴奋地喊道："宝贝，快来看看，妈妈养的君子兰悄悄地开花了。"我赶快跑过去，看见君子兰的中间长出了一簇鲜艳的橘红色的小花，它们被两旁的叶子夹得紧紧的，但依然挣扎着努力地向上爬。我担心地问妈妈："里边的小花不会受到伤害吧？"妈妈说："当然不会了，君子兰是一种生命力很强的花，它之所以叫君子兰，是因为它有着像君子一样的高贵品质——坚忍、勇敢、顽强、不屈不挠，就像这次疫情中最美的逆行者——医生、护士以及社区的志愿者们，像他们一样坚强、勇敢、不畏艰险！"

听妈妈这么一说，我不禁对君子兰肃然起敬，更加仔细地低头观察了一下，发现它的叶子绿油油的，又宽又长，长了十几层，就像一把把青色的长剑，似乎它的全身都充满着无穷的力量。

一晃半个月过去了，某天当我写完作业，去窗台赏花的时候，我发现君子兰的花长出了一大截，里边的小花长大了不少，我数了数，竟然有七八朵呢！浅黄色的花蕊聚在中间，橘红色的花瓣簇拥在周围，它们你挨着我，我挨着你，虽然很拥挤，但依然奋力向上生长着。

我喜欢君子兰，喜欢它的顽强与勇敢，坚忍与倔强！

读完这篇日记，我突然有了很多感悟。“停课不停学”，我们教师不但要当好学生的“空中老师”，更要当好家长的“空中老师”，让家长“穿线搭桥”，在“家庭课堂”中当好学生的“家庭教师”，构建“双师课堂”，这样方能让家长有方法教，让学生有内容学。

2020年6月22日　星期一　阳光不错

抄答案

王静婉同学这学期进步很大，开始写作业了，也开始写日记了。我经常鼓励她，她也开始亲近我。

第五单元的测试卷，有5个100分，其中就有王静婉。我很吃惊，不是因为她考了100分，而是她的答卷和测试答案一模一样，阅读、写话基本一字不差。

下课，我牵着王静婉的小手来到操场："宝贝，你考了100分！"她忽闪着大眼睛看着我。

"不过，老师发现你的卷子和答案一模一样，就连阅读和写话也一字不差，你是怎么做到的？"她只忽闪着大眼睛，不说话，低下了头。

"神童也不可能做到啊，你是不是有答案？"

"没有，我没有的。"她连连说。

"没事的，我很惊讶你记住了答案，说明你很聪明，我不会告诉别人的，只有我们俩知道。下午发卷时，你还是100分，同学们会给你掌声的，不过你得把答案给我。"

"老师，答案在我家，我下午带来给你。"

"你真棒，不过，以后可不能靠看答案得100分，要靠自己的努力来获得。"我摸着她的头说。她还是忽闪着大眼睛，会心地笑着跑进教学楼，我望着她跳跃的样子，思绪万千。

下午，我一进教室，王静婉就从裤兜里掏出折了几折的答案，悄悄塞进我的手中。发卷时我表扬了王静婉，并且又一次把"世上无难事，只怕有心人"送给了她。

教育就是当学生犯错时给予他们改正的机会，唤醒他们心中的美好。记得有一位教育家说过，所有发生在孩子身上的错误，我们没有理由大惊小怪，帮助、理解、尊重、鼓励是最好的教育。

2020年6月24日　星期三　阳光不错

夸出好日记

看了名师管建刚的《一线带班》，我受益颇多：好孩子都是夸出来的，会夸是一种本领，要学！

今天我要夸孩子们关于小动物的日记。

管老师说，“夸”就是疯狂的，毫无保留，夸到那个写作者心花怒放，夸到他难为情，夸到他脸红，夸到他深深感受到写作文原来这么刺激、这么有成就感，把他虚荣心“喂”得饱饱的。

于是，我对着几个写话中语言不通、没有标点、没有顺序的孩子，改变策略开始夸：找出书写优点、找出哪一句写得好、找出哪个词用得好、找出哪里是用心观察的地方，然后夸他们。

我夸李梓养了小松鼠，他对小松鼠可喜欢了，让他把小松鼠的样子再写一写。

我夸张焜家的小狗很有趣，让他把有趣的地方写出来。

魏玉青对自己养的小白兔什么也没描写，还没加标点。但我夸他写出了“小白兔被姐姐养死”后自己的难过。

我问：“怎么死的？”

“喂了土豆后，小白兔吐了，然后就死了。”他很伤心。

“怎么说就怎么写。”

牛海瑶的写话前言不搭后语。但我夸她的字很漂亮，是全班女生中写得最好的。

我抓住一点优点夸他们有进步。

下午我把他们重写的日记读给全班同学听，他们可开心了。

2020年6月30日　星期二　阳光不错

“三种腿”

学生的坐姿直接影响课堂的学习氛围。

我概括一下，孩子们的坐姿首先是各种“腿姿”。主要有三种常见的：“二郎腿”，一条腿很随意跷起来，导致身子歪斜；“麻花腿”，两腿缠在一起，身子弯下并做出随时准备趴在课桌上的样子；“大长腿”，腿伸到前排凳子的横档上。

今天主要是观察并纠正这三种坐姿。

课堂口号用起来。

“身子坐正！”我的声音很有力量。

“脚并齐！”孩子们的声音更洪亮。

教室里一下子整齐划一，萦绕着认真学习的气氛。

少数孩子很是不习惯，不到5分钟又开始原形毕露。没办法，我只能一次次提醒他们收一收“二郎腿”“麻花腿”“大长腿”。

孩子们一听到我的提示，马上笑着纠正。要给他们时间，让他们在愉快的心情中改变自己。

下午我一进教室，孩子们已经很自觉地在调整坐姿了，全班坐姿整齐划一，就像一个人，这样的教室是很美的。

今天的课《小毛虫》上得不错，不仅当堂完成课本内容、生字听写，孩子们的坐姿也规范，课堂纪律好、效率高。

2020年10月9日　星期五　阳光灿烂

月亮河

今天周昱辰给大家分享的是由作家王一梅所著的《鼹鼠的月亮河》，这是她的童话代表作之一，曾获第六届全国优秀儿童文学奖和第十三届冰心儿童图书奖。该作品风格优美，境界高远，是不可多得的原创抒情童话精品，弥足珍贵。

周昱辰走上讲台开始阅读分享。

鼹鼠是怎样一种小动物呢？

先让我们看看这本书的封面、作者介绍和两位有趣的主人公吧。

我们的主人公米加是黑色的鼹鼠，是整个月亮河唯一的一只黑色鼹鼠，米太太经常给他穿一条黑色条纹工装裤。他有着尖尖的鼻子，脖子又粗又短，脑袋比一般的鼹鼠要大一些……

然后让我们来继续欣赏优美的语言吧。

月亮石在月光下发出了淡淡的光泽，好像蒙上了一层雾。这个晚上在月亮石湿润的雾气中米加看到了乌鸦、红辣椒和黑炭……

同学们，这本书还有很多精彩的地方需要你去品味。比如，米加的爱好有什么？书里还有另外一只小鼹鼠，她叫尼里，她和米加在夜晚相遇会有怎样的友情故事发生呢？故事里的魔法师、大黑熊和黑乌鸦，他们三个人有不同的想法，而米加心里却只有梦想，那他该怎么办呢？故事又是怎样发展的呢？

现在，请认真阅读过这本书的同学也上来一起讲述里面的好故事吧。

在周昱辰的阅读分享中，孩子们被主人公米加深深吸引了。读过这本书的同学争先恐后上台，向大家分享自己的阅读收获。有的同学还提出问题，同学们抢着回答。周昱辰还给回答问题的同学准备了小奖品呢！

最后周昱辰总结了自己的阅读方法：

我来告诉大家阅读一本好书需要的方法：①看封面，了解作者。②仔细阅读目录，知道故事梗概。③在阅读时看插图，展开丰富的想象力。④动手，做好摘抄、阅读笔记或者读书小报。⑤读完整本书要有收获。

读了这本书，我懂得了要实现梦想，就要像米加那样付出辛苦的汗水，一直坚持不懈地向着自己的目标发奋努力，这样最终才能取得成功。还要珍惜友谊，做一个有爱心的乐于助人的人。

今天的阅读分享到此结束，愿大家在童话故事的海洋里尽情遨游，在读书过程中享受快乐。

整节课，我就是一个站在后面听讲的学生，不时拍照、鼓掌，感受着孩子们阅读的快乐。

教师应该让阅读走进课堂，成为学生打开学习语文这扇门的金钥匙，让学生走向更广阔的阅读天地，享受读书的无限快乐。

2020年10月10日　星期六　阳光灿烂

小豆豆

今天的读书分享会的内容是由薛涵亮带来的《窗边的小豆豆》，这本书讲述了作者黑柳彻子上小学时的一段真实经历：小豆豆因淘气被原学校退学后，来到巴学园。小林校长却对小豆豆说："你真是一个好孩子呀！"在小林校长的爱护和引导下，一般人眼里"怪怪"的小豆豆逐渐变成了一个大家都能接受的好孩子。

巴学园里随和、亲切的教学方式使这里的孩子们度过了人生最美好的时光。这本书不仅带给全世界几千万读者无数的感动和笑声，而且为现代教育的发展注入了新的活力，成为20世纪全球最有影响力的作品之一。

薛涵亮先分享了他的读书习惯，介绍了本书作者黑柳彻子。然后他分享了小豆豆是个顽皮可爱又有爱心的小女孩，小林校长是一位与众不同的人！

同学们听得多么认真！到了提问环节，大家都踊跃参加！最后的环节是发小奖品，这让孩子们在交流中获得更多的快乐！

《窗边的小豆豆》这本书既能温暖孩子，又能教育老师和家长。我要把特别的爱送给我身边的小豆豆们。

2020年10月14日 星期三 阳光灿烂

读出好童话

作文是孩子读出来的，不是老师教出来的。

从一年级开始，我就有计划地让孩子们读书，最初是绘本。一本本图文并茂的图画书，让一年级的宝宝们爱不释手。

二年级，我会让孩子们读一些寓言、儿歌以及短小的故事书，并让孩子们自己创作“图话书”。二年级下学期，我建立了班级图书角，开始举行班级读书比赛，并根据读的书目设置“读书大王”“读书能手”“读书达人”等荣誉。

疫情期间，我引导孩子们读整本童话书，比如《笨狼的故事》《一起长大的玩具》《七色花》《神笔马良》《愿望的实现》等。孩子们被要求写自己的读书感受，并开始自己创编童话。

二年级暑假，我启动了班级读书分享会，安排孩子们读《安徒生童话》《稻草人》《格林童话》等书。孩子们开始当主持人，每人分享读书收获。

三年级开始了“一周一本书，一周一分享”的班级阅读活动。我制定了读书方案，为孩子们推荐每周的读书书目，并让孩子们在每周五下午的阅读课进行分享交流，阅读书目有《昆虫记》《鼹鼠的月亮河》《窗边的小豆豆》《长袜子皮皮》《列那狐的故事》《木偶奇遇记》《宝葫芦的秘密》等。孩子们的读书习惯正在养成。

读书就像接受阳光的沐浴，就像吸收丰富的营养，就像呼吸新鲜的空气。不知不觉，孩子们在书的世界里、在知识的海洋里成长。三年级上册第三单元的习作是“我来编童话”，让我没有想到的是孩子们的想象力超出了我的想象，没有雷同的情节，尽是离奇曲折的创编。

习作的内容让我感受到了读书的神奇。作文是孩子读出来的，不是老师教出来的。

2021年10月12日　星期二　阴

给学生发言的机会

《呼风唤雨的世纪》第二课时，我没有按照教学设计进行，主要是因为刘锦瑞同学提出了一个和课文不一样的观点——“20世纪是一个充满战争的世纪，因为第一次世界大战、第二次世界大战……”这个孩子最近一直在看关于第一次世界大战和第二次世界大战的文章，讲起来滔滔不绝，孩子们也听得津津有味，我只好听他讲完。

同时，我在思考：如何让刘同学的观点成为课堂学习的起点？等刘同学讲完后我表扬他善于思考，敢于发表自己的见解。

随后，我问大家：“谁想反驳他的观点？”

牛胤玮第一个举手：“我认为20世纪是一个呼风唤雨的世纪，因为20世纪人类发明的科学技术使生活大大改观，其改变的程度超过了人类历史上百万年的总和。”他用书中的话有力地反驳了刘锦瑞的观点。

紧接着我让孩子们阅读课文第3、4自然段，孩子们在对比中明白了20世纪的科学技术帮人类实现了一个个梦想，创造了一个个神话，改变着人类的物质生活，也改变着人类的精神文化生活，而且将继续创造一个个奇迹。

然后，我让孩子们联系生活实际，用大量的事实证明20世纪科学技术的发展速度之快、成就之大，其出现与进步就像“忽如一夜春风来，千树万树梨花开”一样让人惊喜。孩子们说了很多：从程控电话到5G时代，从汽车、火车到高铁、地铁以及极速汽车、飞机，从网上购物到机器人，从探月计划到火星旅行……真是出乎我的意料。

最后在讨论“科学技术给我们带来的全是好处吗？”时，他们更是头头是道：大气污染将使人类无法生存；生态资源消耗很大；人类面临着很多生活问题；人们的体质下降；物种会灭绝；等等。在孩子们交流的过程中，我发现刘锦瑞同学也在频频点头。

下课了，孩子们还是饶有兴趣地争论着课堂中的问题。看着他们意犹未尽的样子，我很欣慰。

欣慰之余我进一步加深了对一则教育理念的领悟：给孩子们发言的机会，就是给他们主动学习、共同成长的机会。

2021年11月17日　星期三　晴

小蜗牛坚持走

为什么班级群叫“小蜗牛”？

我给孩子们讲了一则名为“小蜗牛爬金字塔”的故事：到金字塔顶端的只有两种动物，一种是雄鹰，另一种是小蜗牛。雄鹰是靠自己的翅膀飞上去的，因为它有天分；小蜗牛既没有翅膀，也没有腿，它必须靠挪动身体一点儿一点儿地爬上去。所以，小蜗牛爬到金字塔顶端要比雄鹰多花几十倍乃至几百倍的努力和时间。小蜗牛站在金字塔顶端所看到的世界和雄鹰看到的世界是一模一样的，但是雄鹰和小蜗牛一路上感知到的风景却不一样。

如果小蜗牛也写日记的话，它可以写出令人非常感动且充满战斗精神的日记，因为小蜗牛是通过自己的一路奋斗和坚持，尝尽辛酸才爬上金字塔的。

我通过这个故事教育孩子们：没有什么困难可以打败你，除非你自己打倒自己，你自己不够勇敢、不够坚持。遇到难题请不要放弃，请不要退缩，正如小蜗牛通过自己的努力证明自己并不比雄鹰差。雄鹰可以看到金字塔上的风景，小蜗牛也可以。

所以，“小蜗牛，小步走，不停步，坚持走”就成了我们班孩子坚持写日记的口号。“小蜗牛只要爬到山顶，就和雄鹰看到的世界是一模一样的”也成了我经常说的一句话。

以下是我今天给同学们推荐的小诗，他们一定会喜欢。

蜗牛

我是一只小小的蜗牛，
诞生在美丽的世界。
世界真大呀！
忍不住好奇地张望，

看到毛毛虫，
真羡慕她！能变成美丽的蝴蝶，
天空会保护她！
真羡慕蚯蚓，羡慕他会钻入土里，
大地会保护他！
妈妈，
我们背着又大又重的壳，
谁来保护我们？
妈妈轻轻地说家会保护我们。

2021年11月18日　星期四　晴

神奇的动物

“跟着名家学语文”（丛书）的主编刘发建的教学理念让迷茫中的我看到了一束走出困境的光。

读给学生听，远比讲给学生听重要得多；带着学生美美地朗读，远比叽叽喳喳讨论重要得多；静静地抄写，远比邯郸学步似的片段模仿重要得多。自古以来，我们传统的语文教育，以及国外的语言教学，最简单、最核心的方法就是“读读抄抄”“抄抄读读”“读着读着就化了”“抄着抄着就顺了”。

语文，一定要把力气花在读书上，读书要把力气花在读名家经典上，也就是温儒敏教授所说的“读上坡的书”。重心一定要落在课堂上，让孩子们课外去读名家经典，我们都会知道效果会大打折扣。

阅读是山巅的天池，写作是山脚的清泉。语文教学一定要“劳于读书，逸于写作”。带孩子读名家经典、成就孩子的时候，别忘了我们语文老师也是在场者。如果得益10分，学生得4分，我们老师就应得6分。我们永远是得大头的人，我们永远是走在学生前头的人。

所以，“跟着名家学语文”（丛书）必须在课堂中坚持读下去，我也必须是那个走在学生前头的人。这两天，我已经阅读了四年级上册中的《山海经》系列，这是针对教材第四单元“神话”而量身定制的阅读材料，收录了17篇中国古代神话小古文。

《山海经》“神奇的动物”一节中有5只动物，它们分别是坚持不懈的精卫鸟、日行千里的驺吾、神奇的九尾狐、凤凰、夔兽。我提前安排5名学生当领读者，先让他们用课堂中学到的方法去学习小古文，要求他们大声读、读准音、读出节奏、读出韵味，然后引领其他孩子。让所有孩子都有进步。

2021年11月19日　星期五　晴

只管读

下午有阅读和课后服务课，正好用来读“跟着名家学语文”中《山海经》的第一节——“5只神奇的动物”。

因为疫情，我一个月没见孩子们，还是要先说一说自己在兰州的隔离经历。

“老师变成了‘囚犯’！”调皮鬼张任凯听到我在宾馆被隔离了21天，大声说，同学们都笑了。

“是呀，关押在监狱里的人是囚犯，关在房子里的我不也和囚犯一样吗？”

“老师是被疫情关起来的。”

“老师是被新冠病毒关起来的。”

“老师是被德尔塔这个可恶的家伙关起来的。”

“老师不是囚犯，是战士，是在和病魔战斗的战士。这21天，老师在宾馆里每天都在学习，阅读了4本书，观看了40节优质课，背诵了21首古诗，写了21篇日记。”

此时的教室很安静。

“老师，我们读了《山海经》。”

“我也读了。”

接着孩子们开始朗读“跟着名家学语文”中的关于“5只神奇动物”的小古文。

只管读，只管读，只管读。孩子们在领读中、在自由读中、在赏读中、在品读中不但读出了节奏，也读出了神奇，我也收获了很多惊喜。

惊喜一：王成昊同学的朗读很有味道，给了同学们很好的引导，比我这个老师的范读更让孩子们喜欢。

惊喜二：强国同学补充了《青丘山的九尾狐》的故事。云青丘山下有一个村子，村民上山去挖玉石，可是大多有去无回，后来就没人敢再去了。一个勇士想为民除害，上山时听见婴儿的叫声后看见了九尾狐，他捉来后分给村民吃，从此这个村子的人们再也没有被妖邪之气迷惑了，过上了幸福的生活。曾钰翔进而补充说，那个勇士叫后羿，是他射杀了九尾狐。

惊喜三：周昱辰说他觉得夔兽最神奇，“出入水则必风雨，其光如日月，其声如雷”。用夔兽的皮做的鼓，其“声闻五百里”，帮助黄帝打败了蚩尤。

惊喜四：张卓远用自己的橡皮泥和吸管做了一个夔兽，样子还真是“壮如牛，苍身而无角，一足”。

惊喜五：刘正洋的思维导图给了孩子们清晰的思路，我将其作为示例，教给孩子们如何用思维导图来学习；而吴翌菲的思维导图让同学们对《山海经》的学习热情高涨。

惊喜六：下课后孙瑞泽拿着《山海经》给我说：“老师，这本书上有今天我们学的5只怪兽，还有很多图片，我都看了。”看着这个平时学习比较吃力的孩子，我很吃惊也很开心。

带孩子们读书，做孩子们读书的种子，我们永远是最受益的人。

附：《山海经》——异兽类

发鸠山的精卫鸟

又北二百里，曰发鸠之山。其上多柘木。有鸟焉，其状如乌，文首，白喙，赤足，名曰精卫，其鸣自詨。是炎帝之少女，名曰女娃。女娃游于东海，溺而不返，故为精卫，常衔西山之木石以堙于东海。

译文：再向北走二百里，有座山叫发鸠山，山上长了很多柘树。有一种鸟，它的形状像乌鸦，头部有花纹，白色的嘴，红色的脚，名叫精卫，它的叫声像在呼唤自己的名字。传说这种鸟是炎帝小女儿的化身，名叫女娃。有一次，女娃去东海游泳，被溺死了，再也没有回来，所以化为精卫鸟。经常口衔西山上的树枝和石块，用来填塞东海。

日行千里的驺吾

林氏国有珍兽，大若虎，五采毕具，尾长于身，名曰驺吾，乘之日行千里。

译文：林氏国有一种十分珍贵的神兽，身形如老虎一般，身上有五彩斑斓的花纹，尾巴比身子要长，这种神兽名叫驺吾，骑上它能日行千里。

青丘山的九尾狐

又东三百里，曰青丘之山。其阳多玉，其阴多青雘。有兽焉，其状如狐而九尾，其音如婴儿，能食人，食者不蛊。

译文：再向东走三百里，有座山叫青丘山，山的南面盛产玉石，山的北边盛产一种青色的矿物颜料。山里有种怪兽，形状像狐狸，长有九条尾巴，叫声像婴儿的啼哭，会吃人。据说人如果吃了它的肉，就不会被妖邪之气迷惑了。

凤凰见则天下宁

又东五百里，曰丹穴之山。其上多金、玉。丹水出焉，而南流注于渤海。有鸟焉，其状如鸡，五采而文，名曰凤皇。首文曰德，翼文曰义，背文曰礼，膺文曰仁，腹文曰信。是鸟也，饮食自然，自歌自舞，见则天下安宁。

译文：再向东走五百里，有座山叫作丹穴山。山上遍布着许多黄金、美玉。丹水从山中流出，向南流去，注入渤海。山中生长着一种五彩斑斓的鸟，形状像鸡，名叫凤凰。头上的花纹呈“德”字形，翅膀上花纹是“义”字形，背上的花纹是“礼”字形，胸上的花纹是“仁”字形，腹部是“信”字形。它饮食从容不迫，悠然自得，自歌自舞。它一出现天下一片安宁。

如牛一足的夔兽

东海中，有流波山，入海七千里。其上有兽，状如牛，苍身而无角，一足，出入水则必风雨，其光如日月，其声如雷，其名曰夔。黄帝得之，以其皮为鼓，橛以雷兽之骨，声闻五百里，以威天下。

译文：传说东海上有一座“流波山”，距离入海处有七千里远，有种神兽就居住在此山之上。它的身体像牛，但是没有角，而且只有一条腿，浑身青黑色。只要它出入水中，必定会引起暴风，它发出的光如同日月般明亮，发出的声音像雷鸣，它的名字叫夔。黄帝得到了夔，用它的皮制作军鼓，用雷兽的骨头作为鼓槌，击打这面鼓的声响能够传遍方圆五百里，黄帝以此来震慑天下。

2022年1月14日　星期五　晴

宝葫芦的秘密

为期4天的《宝葫芦的秘密》分享结束了，但是故事留给孩子们的启发在这个寒假开始了。故事梗概如下。

王葆幻想得到一个宝葫芦，可以让他不费力气得到一切。一天他的愿望终于实现了，心里想要什么就有什么。考试时，他望着考卷发愣，别人完成的考卷就与他的空白考卷自动互换，但此事被监考老师当场发现，他羞得无地自容。有了宝葫芦，他不但没有得到幸福和欢乐，反而多了不少麻烦和苦恼。他逐渐认识到宝葫芦不是什么宝物，便主动向同学们揭露了宝葫芦的秘密，然后他使劲把宝葫芦一扔，轰然一响，宝葫芦被炸成碎片。王葆后知后觉，原来这是自己做的梦，从此他改正了缺点，认真学习，努力做一个好学生。

主持人王成昊、吴翌菲、周星辰是我有意安排在台上引领孩子们的。不负众望，他们精彩的主持成功拉开了寒假阅读线上分享的序幕。

平时在课堂发言积极的牛胤玮打头阵，他没有看稿子，而是将自己看书的收获生动流利地分享给同学们，带了个好头，起到了激励后面的同学积极分享的效果。

大胆活泼的姜抒彤则以优美的童诗分享感受，她的分享让全班同学都为之动容。

柔柔弱弱的杨若馨以前从来不主动发言，但今天素来胆小的她闪亮登场，柔美的声音轻而清地从屏幕飘出，像天上的白云一样吸引着你。

令我最意想不到的是贺晨翾，这个女孩平时连作业都不按时上交，没想到在分享时很大胆，也很流利，让同学们刮目相看。

田家娣，这个一直沉默寡言的女孩在这次分享中和平常完全不一样，连眼睛都在说话，两个小酒窝一动一动的，样子憨憨的、美美的。她的妈妈和她一起分享，为亲子阅读做了榜样。

2022年1月15日　星期六　晴

有孩子就有春天

因为有了《宝葫芦的秘密》的分享经验，今天开始的《巨人的花园》分享会也是精彩纷呈。孩子们都如约而至，主持和分享环节出现了创新。

强国和弟弟同台主持，弟弟背诵了一首古诗《元日》。

苏竞之带着她两岁多的小弟弟出现在大家面前，虽然弟弟没有说话，但是他站在姐姐身边微笑着，这是对姐姐最大的鼓励。拍摄者是他们的爷爷，爷爷的亲情加盟让群里的妈妈和爸爸们备受鼓舞，没有什么是比陪伴孩子读书更有意义的事情了。

《巨人的花园》是英国著名作家王尔德的作品，主要讲述了这样一个故事：巨人去外地旅行七年了，一直没有回来，孩子们在巨人的花园里快快乐乐地做着游戏。这时巨人从外面回来了，他看到了孩子们在自己的花园里胡闹，就大声斥责："你们在这里干什么？都给我滚出去！"孩子们听到可怕的训斥，立马跑出了花园。

寒冷的冬天到了，那刺骨的寒风吹进巨人的花园，巨人裹着厚厚的棉毯，还是瑟瑟发抖。春天回来了，巨人花园围墙外的小村庄里，已经是鲜花盛开，百鸟齐鸣，一派生机盎然的景象。孩子们又从围墙的破损处跑进了巨人的花园里做游戏。巨人被那喧闹声吵醒了，他向窗外一看，激动地从屋里跑了出去，享受生机盎然的春天。可是一看到孩子们又在花园里玩耍，他又开始发脾气。孩子们都逃跑了，花园里又是一片冰雪。

只有一个小男孩还在原地，他的一只手摸着桃树，桃树立刻盛开了美丽的花朵。巨人终于明白了，没有孩子的地方就没有春天。于是，他用斧头砍倒围墙，把花园给了孩子们。很多年过去，巨人渐渐变老了，他坐着轮椅，在花园的大树下看着孩子们在欢乐地做着游戏，永远地闭上了眼睛。

这个故事告诉我们：独乐乐不如众乐乐，我们要懂得分享，不要自私，要心胸开阔。

真的是有孩子的地方就有春天。因为阅读，因为孩子们的分享，我和孩子们才能在寒假里拥抱春天的温暖。

2022年1月20日　星期四　晴

树叶的香甜

我因为疏忽，今天晚上没安排阅读分享主持人，没想到发言的三位宝贝分享得真好。张卓远兄弟二人一唱一和，哥哥分享得绘声绘色，4岁的小弟弟没有说话，可小手的小动作真是可爱极了！

杨若馨柔柔美美，所分享的诗歌《树叶的香味》在她的朗诵中似乎也沁出了芳香。她的表述条理清晰、句句流畅，让科普知识也像树叶一样香甜。

树叶的香味

［韩］金匡

树叶的香味
夹在书页里
一枚树叶
有森林的香味
有天空的香味
只要小小的一枚树叶
就能把伟大的
秋的森林
长久保持在心里呢

寒假阅读分享已经成为孩子们每天晚上的精神大餐。读书成为孩子们的必需，这个寒假有《树叶的香味》，更有《书的香味》——

书的香味

藏在每天的阅读时光里
飘在每天的阅读分享中

《宝葫芦的秘密》《巨人的花园》《十万个为什么》
有花园的香味
有知识的香味
有成长的香味
只要静静地捧着书
就能把冬的蕴藏
长久保持在心里呢

2022年3月14日　星期一　刮风

作业全批

中午，我开始认真批阅线上作业。学习能力强的孩子已经上传了作业，王成昊、周昱辰、赵立波等十几名学优生的作业依旧是那么工整、完美，这些学生获得了“作业星”和“阅读星”的荣誉，成为首批“优秀作业”。

同样还有格式不对的、丢三落四的或书写太乱的作业被“打回”。还有“脂肪”读音拼错的、“餐”最后一笔写错的情况发生。我的仔细批阅让家长和孩子变得用心起来，那些需要订正作业的孩子很认真地改错。

晚上8点，还是那几个不认真的孩子没有提交作业，另有作业被“打回”的11名同学没有改错。晚上10点，没有提交作业的还有3人。

钉钉“家校本”群聊沉默了，第一天比我预期的效果好太多了。

只有教师全面批改了作业，才能全面了解学情，让线上线下的教学步调一致。

2022年3月15日　星期二　灰蒙蒙

看视频课

今天，我在批阅中感觉孩子们的作业质量比昨天明显好很多，书写工整、错误减少，基本都能按照听课要求来写听课笔记。但依然存在没有看20分钟的视频课、听课笔记乱写的学生。

我必须打电话了解情况。

孙同学是我们班个子最高的孩子。家庭经济条件好，又被爷爷奶奶娇惯，他养成了懒散的学习习惯。他下课总是第一个冲出教室，上课最后一个跑进教室，学习态度马马虎虎。

电话打过去，没人接。

又高又瘦的武同学因为太调皮，被安排在最前面坐，人聪明，爱看军事方面的书，却不喜欢做作业。

“沈老师好！”武同学的妈妈接通了电话。原来是孩子发烧了，在输液。“孩子身体要紧，作业不用做了。”“他好多了，下午就可以写了，我会让他按时提交的。”

果然，晚上看到了武同学的作业。有沟通就是不一样。

下午6点多，孙同学的爸爸打来电话，很是客气，但对孩子也很无奈：“白天爷爷管不住，这会儿还在写作业呢！我也是没有办法呀！”“孩子真的很聪明，只要我们严格起来，是可以的。改变孩子从改变我们自己开始，只要我们不放弃、不放任、不妥协，严格按照学习任务管理时间，让孩子按时读书、按时看视频课，在孩子的学习上决不妥协，孩子一定会有所改变的。我们严格了，孩子一定会认真的，期待宝贝的作业。”

“好的，好的，对于孩子的学习，是我们轻视了。我们会让他看视频课，认真写好听课笔记的。”8点多，孙同学的作业发来了，表现得和之前判若两人。

沟通是一座桥梁。

今天只有杰同学一人未交作业，两人没有订正。

2022年3月16日　星期三　刮风

耐心等待

今天的作业批改是在愉快的心情中完成的，得优率很高。学优生不用说，生怕落在后面；后进生也是很认真，雷、璇、瑶、郡、彤同学的作业在家长的严格要求下好了很多。透过作业，我看到了家长的负责和孩子的认真，这才是重要的好习惯。

最值得表扬的是张焜和王艺博。

张焜，之前不会管理自己的书包和作业，课前不知道放好什么书，课中不知道怎样听课。可是这两天的作业做得很好，值得表扬。

王艺博是这学期改的名，她就是以前不交作业的王静婉。本学期开学改了名，也改了之前不交作业的缺点。从今天的作业可以看出，她不但看了视频课，而且看得很认真。

杰同学仍然没有交作业，魏同学依旧书写潦草，没有订正错误。

魏同学家长的电话一打就通："老师好！孩子妈妈在兰州隔离。我6点半才进门，发现孩子没有认真写作业，现在正在写。我们一定严要求。"这位爸爸很诚实。

了解情况后，我不免体谅起这位爸爸："您辛苦了，请您打开免提，让孩子也听到。"我开始教育起孩子："宝贝，你是个懂事的孩子。爸爸很辛苦，回家看到你的作业没有认真完成，是要严厉批评你的。老师也会批评你。请你不要贪玩，认真看完视频课，不会的地方可以回看，不懂的可以问老师。你的字是很漂亮的，课堂上老师一直表扬你，怎么待在家里就写不好了呢？从现在开始老师希望你把字写漂亮，把作业按要求完成，你能做到吗？"

"能，我能做到！"魏同学的声音有点呜咽，但很坚定。晚上9点，魏同学发来了今天完成得工工整整的作业。给魏同学点赞！

“老师，我没有时间管孩子，也不会传作业，也顾不上……”杰同学的妈妈快言快语地给自己找了一大堆理由。我耐心地说：“您听我说，今天打电话主要是了解一下情况，没有责怪您的意思。我是为孩子着想，只有他一人没有交作业，孩子会很难过。其次，不交作业会影响其他孩子，因为我们是一个集体，我不希望任何一个孩子掉队。最重要的是现在不培养孩子线上作业的能力，以后孩子上了初中、高中会很吃力，这样会影响他的学习。希望您考虑一下，尝试让自己和孩子适应线上学习。提交孩子的作业很简单，不会可以学的，你们这么年轻，一学就会呀！”

“好的，老师，我尽力。”对方的声音明显柔和了许多，我很期待明天杰同学的作业。

2022年3月17日　星期四　微尘

一个也不少

很多时候孩子做不到是因为我们大人不够严厉、不够细心、不够耐心，如果为了孩子我们能想方设法、竭尽全力，那我们的孩子也能做到。

学优生赵立波仍然是第一个交作业的，棒极了。第二个是王艺博，真是不错。部分孩子没有看要求，将口头作业当成了书面作业来完成。学习能力差的孩子普遍理解能力差，阅读理解有问题。甚至有粗心的孩子在预习中将“隐”的读音写成了后鼻音。

昨天沟通过的魏同学今天提前交了作业，错误明显比昨天少。只是孩子依然不会听课，重点内容理解不到位。

晚上9点20分，我终于看到了杰同学的作业，书写很整齐，还画出了课文的思维导图，值得表扬，这是一个美好的开始。

我满心欢喜地等待最后一名同学的作业。

“老师，不好意思。我们老家有事，回来迟了，孩子作业没有做，明天补上。”晚上10点，李同学的妈妈打来电话。李同学有着胖乎乎的身体、肉嘟嘟的脸蛋，走路慢、写字慢、说话慢。听到李同学妈妈的汇报，我的眼前立马浮现出他慢吞吞的样子，又闪现出他忽闪忽闪的大眼睛：“孩子一定很累了，早点休息，明天有时间就补上。没有时间就让孩子把明天的作业做好。”

“谢谢老师，我一定让他补上。”妈妈很有决心。

教育是需要等待的。

2022年3月18日　星期五　晴

我们成长着

今天的作业有明显的竞争氛围。每个孩子都从书写、内容、质量上严格要求自己，他们喜欢看到老师给他们的“作业星”和“阅读星”，更喜欢听到老师夸奖：“完美的作业让老师赏心悦目啊！”“今天的书写怎么这么用心！”“今天老师看到了一个会读书的孩子，问题提得真有水平！”“不放过一个错别字，不放过一个读音，你可真是个细心的孩子！”“老师喜欢你的阅读笔记！”……

这一周，我从细节严格要求，激励孩子，鼓励家长。孩子们自然能做得更好，自然会收获成长。

王成昊、强国、赵立波、张浩然……这些同学的作业中有自己独特的见解，他们收获的是思维的成长；陈佐沅、雷赢、张博瀚、薛涵亮、张仁凯……这些以往调皮的同学收获的是书写的进步和能力的提高；张焜、李子铭、贺晨翾、牛海瑶、王若溪、陈玉彤、田家娣……这些后进生收获的是自信和好习惯。

所有的孩子都懂得了只要管理好时间、自主学习，就会提高学习能力。

一周的线上教学结束了，这带给我很多的思考：孩子们的成长没有回航。作为教师的我们要珍惜孩子每一阶段的成长，要想方设法为孩子搭建学习平台，要严格要求孩子们养成良好的学习习惯，要针对每一个孩子进行耐心细致的引导。

本次线上教学的目标是培养孩子自我管理、自主学习的能力。

抗疫在家，老师、家长和孩子们都在共同成长着。

2022年3月19日　星期六　晴

“趣”味实验

宅家做实验，奇妙无比。鸡蛋怎么会游泳？神奇的胡萝卜小船神奇在哪里？摩擦起电的原理是什么？会魔法的水和会动的毛毛虫，这些又是怎么回事？有趣的科学小实验将让孩子们在玩的过程中收获快乐和惊喜，发现生活中的小秘密。

上午11点，周星辰首先在微信群上传视频展示“跳舞的红豆”的实验。张博瀚的“调皮的鸡蛋”实验和他一样可爱。焦鸿铭用方言介绍实验过程，同学们听得饶有兴趣。

接下来刘正洋的“火山喷发”实验精彩上演，有逼真的山、逼真的火，实验做得精彩，解说写得也精彩。

火山喷发

刘正洋

生活中处处藏有学问，需要我们去发现。今天我们来做一个火山喷发的实验，让我们一起来感受火山喷发的奇妙与壮观。

首先要做一个火山模型：准备一些报纸，捣碎后加入少量的水和白胶，捏成一个火山，粘在一块木板上，给火山涂上一圈绚丽多彩的外衣，火山的模型就做好了。

接下来就是火山喷发的关键，调制岩浆：先准备两大勺苏打粉，再准备三滴红墨水和半杯白醋，将红墨水和白醋混合。

最后，把苏打粉倒进“大山”里，端起混合好的“岩浆”一股脑灌入火山口，顷刻间，火山沸腾起来，血红的岩浆随着“滋滋”的声音喷涌而出，好不壮观！

看着喷涌而出的“岩浆”，我仿佛真的看到了那火光四溅、大地颤动、花草枯萎的可怕景象。

“火山”是怎么喷发的呢？原来，苏打粉是碳酸氢钠，而白醋中含有醋酸，碳酸氢钠和醋酸相互反应，产生的二氧化碳迅速膨胀，就形成了火山喷发的奇观。

怎么样，是不是很有趣呢！生活处处皆学问，大家一起去发现吧！

刘镇旭的“纸上彩虹”被大家热情围观。他在习作中写道：

我又仔仔细细地看了一遍，原来是镜子的角度放错了，应该斜放。于是我把镜子放斜，慢慢挪动着调好了角度，彩虹便慢慢出现在白纸上，我高兴得一蹦三尺高：“太棒了，终于成功了！”耀眼的彩虹让我眼花缭乱。通过查阅资料我找到了实验的原理，因为太阳光中不同波长的光在被折射后，因折射率不同会发生色散现象，分角度形成不同颜色，从而在纸上形成了美丽的彩虹。

孩子们争先恐后地发来了实验的视频或图片。有“胡萝卜帆船”“土豆小船”“纸上彩虹”“会跳舞的小纸片”“跳舞的红豆”“摩擦起电”“会游泳的乒乓球”等。

亲自动手实践过后，写起文章来就是不一样，孩子们不但按照实验的顺序写，还写出了实验过程中的心情、思考。

宅家“趣”味实验，又是一段不一样的收获。

2022年3月24日　星期四　大风

“趣”味发明

外面的风吼得很厉害，向窗外望去，看不到远山的轮廓，只有若隐若现的楼房。公园里的树戴上了翠绿的帽子，一片生机勃勃的景象。

今天的作业是第二单元的习作“我的奇思妙想”，要求孩子们对照书第30页认真观看习作视频课，再完成习作。

已经有十几名同学提交了作业，没有想到的是李梓铭、王艺博、张博瀚这几个平时不太积极的孩子，今天提交得很早，而且完成得不错。看来孩子们对小发明是感兴趣的。

《水上行走的鞋》《未来的床》《会飞的木屋》《飞天钢笔》《会变的书包》《多功能书包》《未来的钢笔》《多功能铅笔》《会变故事的书》《变形飞机》《会变的警车》荣获“奇思妙想奖”。

童心无限，我们大人要去发掘孩子更多的可能性。

2022年3月29日　星期二　阴

孩子们的“繁星”

今天的作业百花齐放，仿写有新意：

春光

这些事——
是永不磨灭的记忆：
探头的小草，
盛开的花朵，
发芽的大树。

家乡

这些事——
是永不能忘的回忆：
臭臭的羊圈，
蒲叶底下，
爷爷的怀里。

抗疫

这些事——
是难以忘却的回忆：
厚重的衣服，
脸上的勒痕，
匆忙的身影。

大海的精灵

这些鱼——
是大海的精灵：
五彩缤纷的小丑鱼，
喷出水花的鲸鱼，
变出图案的鱼群。

傍晚

夕阳下——
有美丽的风景：
火红的晚霞，
归巢的鸟儿，
飘香的饭菜。

童年

童年——
是刻骨铭心的回忆：
公园的广场，
飘扬的风筝，
我们的欢笑。

教室

这些事——
是不能相忘的回忆：
明亮的教室，
干净的书桌，
安静的同学。

2022年4月2日　星期六　晴

感谢孩子们

读了很多遍汪国真的《感谢》，只为念给孩子们听。

感谢

汪国真

让我怎样感谢你
当我走向你的时候
我原想收获一缕春风
你却给了我整个春天

让我怎样感谢你
当我走向你的时候
我原想捧起一簇浪花
你却给了我整个海洋

让我怎样感谢你
当我走向你的时候
我原想撷取一枚红叶
你却给了我整个枫林

让我怎样感谢你
当我走向你的时候
我原想亲吻一朵雪花
你却给了我银色的世界

孩子们的诗歌朗诵会在我的朗读中开始了。

刘正洋和他的哥哥组合亮相，朗诵《乡愁》。兄弟俩穿着白衬衣、黑裤子、黑马甲，打着红领结，动作娴熟、语气真诚。

第二个是牛胤玮，穿着黑色的卫衣，灰色的格子小西装，十分帅气，我听到了《花朵开放的声音》。

美少女吴翌菲，穿着粉中透白的裙子朗诵《如果我是一片雪花》，就像一片雪花静静地落在我们心中。

薛涵亮《海上的风》朗诵得舒缓有致，加上帅气的穿着：灰格子小西装里面是同色小马甲，他俨然像一位小王子正站在一艘大船上，挥洒豪情。

蒙睿拿着话筒，朗诵着《祖国妈妈》，就像站在舞台上的小演员呀！

《春天》的朗诵者曾钰翔的表情很丰富。

周昱辰朗诵的《每一刻的降临》真是唯美呀！一年四季像画卷一样在她柔美的声音中打开了。

杨若馨的《玫瑰之城》获得了全班同学的掌声。

隔着屏幕，我和孩子们沉浸在诗歌的春天中。

2022年4月11日　星期一　暖和

正话反说

终于复课了。

因为孩子们的线上学习有序进行，所以按照班级读书计划，结合第四单元的教学，本周开始读“跟着名家学语文”中老舍、丰子恺和巴金描写动物的课文。

《猫》这篇课文，作者在字里行间流露出对猫的喜爱之情，如把“小脚印”亲切地称为“小梅花”。表面上说猫“贪玩、胆小、冷漠”的缺点，实际上暗含喜爱之情。在这节课的教学中，重点使学生体会“正话反说”的作用；结合课后阅读链接和推荐阅读——丰子恺的《白象》，让孩子们通过对比阅读，体会作家的写法。

老舍的《猫》用丰富的事例，平实的口语，通过比喻、拟人的修辞手法生动形象地写出了猫的可爱。课后链接夏丏尊的《猫》写了猫的毛色和家人对猫的态度。周而复的《猫》从外貌、神情、动作三方面写出了猫的可爱。丰子恺在《白象》中从外貌、动作等方面写出了对猫的喜爱。

这样的作业就是一组群文阅读，依托教材提升学生的阅读量，由一篇到多篇，由课内到课外，由一种动物的不同特点到同一特点的不同方面，让学生沉浸在名家的“猫”中，体会作者在“正话反说”的描写中表达的喜爱之情，为单元习作打好基础。

2022年4月13日　星期三　晴

先抑后扬

《母鸡》一课，老舍着重写了自己对母鸡由“厌”到“敬”的情感态度变化，运用了先抑后扬的写法。在教学中，可以引导学生关注在语言表达上前后形成对比的语句，理解前面的“抑”目的是突出后面的“扬”，前面的“讨厌”更显得“敬佩”的可贵。

文章以作者对母鸡的态度变化为线索，从“一向讨厌母鸡”写到“不敢再讨厌母鸡”，塑造了一个负责、慈爱、勇敢、辛苦的鸡母亲形象，表达了对伟大母爱的赞颂。

首先，我推荐同步阅读老舍的《我的母亲》，给学生搭建阅读支架：《我的母亲》中老舍写了关于母亲的点点滴滴，如勤劳洗衣、缝衣、好客、不反抗姑母、不怕吃亏，帮助邻居等。我们了解到老舍有一位伟大的母亲。

《母鸡》中老舍写了不敢再讨厌母鸡的4个原因：“警戒保护”“寻食陪伴”“勤教本领”“半夜啼叫”。

我们体会到老舍不只在赞美母鸡，更在赞美母爱的伟大，表达他对母亲的敬爱之情。

其次，我让学生比较《猫》和《母鸡》表达上的异同，用思维导图或表格展现出来。

最后，进行当堂小练笔，检测学生的学习效果。用“先抑后扬”“正话反说”的写法，写一种植物或动物。例如，在刚看到仙人掌丑陋的样子和了解它耐旱特点后态度的变化。让学生体会同一作家写不同动物的方法有什么异同，让学生学习名家的语言风格，学习用“正话反说”或“先抑后扬”的写法表达对动物的喜爱之情，为本单元的习作打基础。

2022年4月18日　星期一　暖和

水到渠成

今天有三节习作课。

本次习作的要求是写“我的动物朋友”。学生在三年级上学期已经写过一篇关于小动物的习作，因此完成本次习作有一定的基础。不过，与上学期的习作相比，这次习作要求更明确，也更高一些。单元语文要素提出的要求是：“写自己喜欢的动物，试着写出特点。”这里其实包含着两个要求：一是要写出喜欢动物的感情，二是要写出动物的特点。

本单元是习作策略单元，每一篇课文，都是堪称典范的习作例文，蕴含着丰富的写作经验，无论是内容选材，还是谋篇布局，或者是语言表达特点，都值得孩子学习、模仿和借鉴。本单元的编排，为学生跟着名家学写作提供了很好的条件。

阅读方面的语文要素和表达方面的语文要素是紧密相关的。根据这一特点，在阅读教学时，我加强了学生语言文字运用的练习，读写结合，为单元习作做铺垫。《猫》的课后习题安排了小练笔——“体会这段话的表达特点，再照样子写一写”。其他课的教学设计也可以运用读写结合的方式，在课文中学习表达，在“小练笔”中检测学习效果。例如，在《白鹅》的教学中，学生学习“明贬实褒”的表达方法，之后，我请学生挑选一种喜爱的小动物，根据它的特点用“明贬实褒”的方法写一两句话。再如，仿照《母鸡》先抑后扬的写法，写一写在刚看到仙人掌丑陋的样子时，和在了解它耐旱特点后的态度变化。

同时，实施课内外融合教学。为了落实习作目标，我结合拓展阅读中相应的名家名篇，让孩子们走近名家笔下的动物，学习语言表达特点。

这样多管齐下，习作水到渠成。

在“从写出发，单元统整教学设计”实践中，实施“课堂教学教方法”“阅读名篇学方法”“课堂练笔练方法”“单元习作用方法”“评价等级促发展”的策略，使学生在“教—学—练—评”一体化的作业设计中提升阅读和写作能力。

2022年4月20日　星期三　暖和

读书小组

刘正洋，我们班的小书迷。

别人的家长因为孩子不读书而发愁，刘正洋的妈妈则因为孩子喜欢看书不睡觉而发愁，经常打电话让我劝说孩子按时睡觉。

刘正洋不但自己喜欢看书，而且喜欢给妈妈讲书中的内容，而让妈妈头疼的是他会给妈妈布置阅读的内容，并且在放学回家后考妈妈书中的内容，如果妈妈没有看，他就会生气。为此他妈妈哭笑不得，常打电话向我诉苦。

在第五单元关于小动物的习作被我表扬后，“小书迷”刘正洋今天提来十几本沈石溪的动物小说，想借给同学们看，进而让那些下课疯跑打闹的学生能够通过看书静下来。

多么美好的愿望！我用一节课时间，配合刘正洋完成他的心愿，成立了“刘正洋读书小组”后举行了借书活动。没想到孩子们参与的积极性很高，平时爱捣蛋的刘镇旭、龚荣辉、焦鸿铭等十几名同学成为他的第一批读书成员，他们还比谁读得快、读得好，课间探讨故事情节。

“刘正洋读书小组”带动了班中另一位小书迷刘锦瑞，他看的书大多是历史和地理方面的，他要求成立“史地读书小组”，并将他看过的一些书借给同学们看。

这真是意外的收获和惊喜！

2022年5月6日　星期五　晴

历史迷

在结束文言文二则《囊萤夜读》《铁杵成针》的教学后，我让孩子们讲一讲下面的故事：

《废寝忘食》《牛角挂书》《昼耕夜诵》《程门立雪》《闻鸡起舞》《凿壁偷光》《手不释卷》《悬梁刺股》《焚膏继晷》《韦编三绝》。

有的孩子说一个，有的讲两个，大部分孩子不能说出故事中勤奋苦读的主人公，但有一个孩子全知道，他就是刘锦瑞。

刘锦瑞走上讲台，给大家讲孔子“韦编三绝”和“废寝忘食”刻苦读书的故事，讲韩愈“焚膏继晷”，讲吕蒙“手不释卷”，讲李密“牛角挂书”。他讲得很快，同学们听得很认真。

《焚膏继晷》我也是课前备课时查阅到的。不只同学们佩服他，我也很佩服他。

“你能告诉大家，你是怎么知道这些故事的吗？”

“我喜欢读历史书籍，我读《世界通史》《一战全史》《二战全史》，我还读了《史记》《历史夏商周》《历史秦汉》《历史南北朝两晋》《三国演义》《历史隋唐》《历史宋元》《历史明》《历史清》《中国近代史》《三十六计》《七年级历史》《100个历史故事》《中华上下五千年》……”他滔滔不绝地说出这些书名，教室里静得连掉一根针都能听见。

“你这周看的什么书？”

“《资治通鉴》，作者是司马光，就是我们三年级学的《司马光砸缸》中的司马光。”没等我问，他又一口气说出来了。

中午，我打电话给他妈妈，他妈妈说：“孩子喜欢读历史书，经常给我讲，还让我认真听，有时候感觉很烦。”

“难怪你家宝贝在课堂上给同学们讲历史故事，你要好好夸夸他，以后我们还要专心听他讲呢！”

下午，孩子拿来了他读过的书单，我展示给同学们看，大家纷纷加入刘锦瑞读书小组，共享历史书籍，在阅读中成长。

第二辑

自我——生命觉醒

2

努力从来不会白费，

今日撒下的种子，

正在你看不见、想不到的某处，

悄悄地生根发芽。

2019年7月1日 星期一 晴

百年师大

雨后的树叶闪着金光，欢快的鸟儿在歌唱阳光，娇艳的花依恋着草坪，挺拔的松树诉说着坚持。苍松翠柏，曲径通幽，一花一草一树，沉淀着百年历史，展现着厚重的底蕴和灿烂的文化，置身其中就是一种心灵的熏陶。

今天，我走进西北师范大学，开始了“国培计划”甘肃省乡村教师县级培训团队第一阶段20天的研修。晚饭后，我和狄老师激动地走在百年师大的校园里，享受着雨后夹杂着浓浓花香的清新空气。

这是一次培训者的修行，我们此行的目的是“孕育种子”，要在自我反思中明白自己是谁，要在合作研修中明白干什么，要在专家引领中明白怎样做。我们把这份责任扛在肩上、放在心里，丝毫不敢懈怠。研修路上，我和团队成员共同成长，百年师大给予我们前行的动力。

闪着金光的树叶欢跃着，那是对小雨的感谢；扇着翅膀的鸟儿雀跃着，那是对树林的依恋；娇艳的花儿盛开着，那是对阳光的回赠；挺拔的松树静默着，那是对蓝天的向往。

我留恋于师大的朝霞和晚景，享受这种静谧睿智的修行。修行的路上，让每一片树叶都欢笑，让每一朵花儿都绽放，让每一棵树都向往蓝天。

教育，是一场修行。我们这一次研修，也是一场修行！

2019年7月10日　星期三　晴

教学有道

在10天的合班培训中，我们聆听了张维民副教授《学习研究的新进展及其对基础教育的启示》，王孝军老师《聆听教育故事，厚植立德树人》，李瑾瑜教授《我们如何做培训？——教师培训观念、模式、方法创新》，周晔教授《中小学教师如何做课题研究设计》，高小强教授《从学习者到培训者——理论、经验与行动》，吕世虎教授《教学改进行动研究计划制订与实施》，刘旭东教授《课程教学改革与教师专业发展》，安福海教授《深度学习与教学方式变革》等专题报告。

聆听、感悟、收获。我们不光提升了新理论、新思维、新方略，还收获了教授们对教育孜孜不倦的精神。教授们都谈到了教育之根——立德树人。 教育之根是什么，办学思想是什么？其实就是在回答“要培养什么人，为谁培养人，怎样培养人”的问题，这是教育的根本问题，也是教育的永恒主题。要践行教育之道、浇灌教育之根，就要做一个有情怀、有信念、有追求的老师，做一个“知行合一”的老师。

风趣幽默的李泽林教授说：“一节好课应该是有意义的、有效率的、有生成的、实实在在的、真实自然的。”

底蕴深厚的石义堂教授说：“不能把课堂弄成棉花糖一样大而虚。一节好课背后一定有一位知识丰厚、充满智慧的老师，一位好老师首先是会解读文本的。”

睿智温柔的赵晓霞教授说：“要把语文课程的性质转化落实到教学行动的各环节之中，达到知行合一。”

漂亮智慧的学科负责人李金云教授说：“有了实践的基本理论，就不至于在各种盛行的改革风潮中迷失方向。要勇于实践，在自己的课堂中进行‘静悄悄的革命’，贵在点滴、贵在探索、贵在坚持。”

北京实验小学兰州分校的牛筱琼老师说："教学有道，要对自己进行三个叩问——你背后站着谁？你眼里有谁？你是谁？"她还给我们带来了接地气的、够得着的、用得上的知行合一的教学设计。

一句句富有哲理的名言警句，让不爱看理论书籍的我茅塞顿开。没有理论支撑的教学设计是肤浅的，自己一直以教学经验来重复"昨天的故事"，所以教学没有突破，没有创新。理论会产生强大的力量。教学设计有了支撑，我们才会在不断实践中推陈出新，形成自己独特的教学风格和教学感悟。

2019年7月12日　星期五　晴

现场备课

第二阶段的研修，主要培养我们的教学能力、教研能力和培训能力，让我们成为优质的“种子”。

在研修《小田鼠弗雷德里克》的现场教学设计时，仅提供了一篇打印的课文和一个小时的备课时间。大多数教师都要上网查别人的教学设计，照搬别人的设计思路和方法，让别人的教案束缚自己的手脚，禁锢自己的思维，绑架自己的教学行为。但这次没有时间让大家用手机上网查资料，并且这篇课文我们没有读过，更没有教过。怎么办?

首先要做的，就是静静地读懂课文。

一读，从学生的角度读出问题和难点；二读，从读者的角度读出理解和收获；三读，从教师的角度读出应该教给学生什么、怎样教，然后进行教学设计。

语文学科核心素养包括：语言建构与运用、思维发展与提升、审美鉴赏与创造、文化传承与理解。有了理论的引导，我们的教学目标就有了方向。语文课就是言语实践活动，就是以语言为载体，激活学生的思维，让学生感受祖国文化的魅力，通过教材的语言走向生活语文，用诗意创造生活、赞美生活。

我将教学目标设定为：①理解课文内容，积累优美词句。②正确、流利、有感情地朗读课文，体会作者表达情感的方式。③用文中的语言支架进行写作，表达对生活的热爱之情。教学目标的确定让教学方法和过程明朗起来。“画一画”“读一读”“品一品”“写一写”四个板块设计紧扣目标，将童话的内容和语言表达形式紧密相连，将语言训练和情感品味有机融合，让孩子们在语言实践中体会语言的神奇魅力。要像小田鼠弗雷德里克一样，用眼睛拍照，善于观察生活的美好；用文字拍照，记录生活美好；用诗一般的语言来表达对生活的赞美和热爱。

在展示环节，我的设计得到教授和伙伴的赞赏，我又一次感受到“教什么比怎样教更重要”，体会到“语文核心素养”理念下的教学设计一定要确定精准的目标，教学活动要有层次、有梯度、有方法。

这更让我感到自己教学理论的匮乏。读书迫在眉睫，我购买了《小学语文教学内容指要》《叩问课堂》《课堂密码》《教师如何做课题》等十几本书准备逐一阅读，以提高自己的理论知识。

2019年7月16日　星期二　晴

教学勇气

“教学的勇气就在于有勇气保持心灵的开放，特别是在那些要求超过本人所能的时候仍然能够坚持，那样，教师、学生和学科才能被编织到学习和生活所需要的共同体结构中。”初读这句话我不太明白，但在李泽林教授的案例解读中我明白了，教学勇气就是坚持。

李教授在一次次的课堂观察指导中，曾让一位青年教师经历了由刚开始的担心、害怕到讨厌、恐惧，再到自信地站在全国大赛的舞台，荣获一等奖的成长历程。

“走进教室，恐惧在那里，让我有不好的预感。我问个问题，而我的学生像石头一样保持沉默……每当我感到似乎失控，诸如被难题难住、出现非理性冲突，或上课时因我自己不得要领而把学生弄糊涂……当一节糟糕的课出现一个顺利结局时，在结束它的很长时间内我还恐惧，我恐惧自己不仅仅是一个水平低的教师，还是个糟糕的人。可见我的自我意识跟我的教学工作连接得多么紧密。”帕尔默在《教学勇气——漫步教师心灵》如此坦诚地陈述着自己课堂上的恐惧，进而又诠释这种恐惧产生的原因。

回眸几十年的教学工作，我又何尝不是呢？在自己的很多课堂中，少数孩子是僵直的，大部分孩子是沉默的，看不到孩子们应有的天真好奇和兴趣盎然。而我总是自欺欺人地重复“昨天的故事”，自己的内心从未为孩子们想过，甚至把自己内心的无能和恐惧发泄在那些上课做小动作的孩子身上，逼迫他们像石头一样沉默。

“教学勇气就是在于有勇气保持心灵的开放”，老师不再是权威，不再是专家，老师同样是一个求知者。

李泽林教授说：“对学生而言，教师走两步都有价值，看两眼都很神奇，夸两句都很厉害，摸两下都会有魔力。”

“教学勇气就是即使力不从心仍然能够坚持。”我想这就是帕尔默对书名做了最好的诠释。我回想起自己刚参加工作时站在讲台上的恐惧、第一次参加公开课的恐惧、承担工作室主持人时的恐惧、接到“师大研修”通知时的恐惧……

在一次次“恐惧”中成长，这就是教学勇气。

拥有“教学勇气”，前方的路不会恐惧，“送教下乡”“网络研修”“校本研修”“培训教师”就是“知行合一”的修行之路。

2019年9月20日　星期五　晴

同课异构

西北师范大学培训的第二阶段，我们培训的骨干教师去西固二校和那里的老师同课异构《雾在哪里》。

“同课异构”在上午第二、三节课举行。西固二校的讲课教师是年轻的婵婵老师。据校长介绍，她的课已经打磨了3遍，应该是胸有成竹的。

而国培研修团队上课的张国彦老师则让人担心，因为昨晚我们11点才把课梳理成型，谈不上打磨，只是进行了备课而已。

课堂教学现状却截然不同。

经过精心打磨的婵婵老师的课堂缺少了孩子们思维碰撞的火花，更谈不上创新。上课前孩子们就坐得规规矩矩，像等待检阅的小士兵一样。随后，按照预先的流程，孩子们跟着老师稳稳地“走”，俨然什么都会。甚至课堂中我听到孩子们说：“昨天我们已经画出线了。”的确，课前我观察了学生的书，看到学生的书上已经画出了横线和波浪线。所以，课堂中让孩子们动手画出“雾孩子把大海藏起来后，景色变成什么样子”的句子时，孩子们是在假装画。直到下课铃声响起时，教师出示的图片和句式支架才激活了孩子们的生活经验，调动了他们的语言表达的积极性。在孩子们找到了属于自己的思维、语言的表达开始走向生活、课堂有了语文味的时候，下课了。

张国彦老师的课是原生态的课，是没有修饰的绿色课堂。我边听边记下了自己的感受。上课铃响后，几个孩子嬉闹着跑进教室，课堂中的孩子们叽叽喳喳。

“孩子们！孩子们！孩子们！”三遍后孩子们才安静下来。张老师亲切地说：“听说我们班的孩子只要听到‘孩子们’就特别安静。真是这样的，看，你们做得多么好。”课堂更加安静了，孩子们都开始关注这个新老师了。

“同学们，你们爱听故事吗？老师最爱听故事了，老师的奶奶总给我讲故事，从前有座山，山里有座庙，庙里有许多小和尚，两个小和尚用一根扁担一个桶抬水，一个小和尚用一根扁担两个桶挑水……从前，一只饥饿的狐狸看见葡萄架上挂着一串串晶莹剔透的葡萄，口水直流，想要摘下来吃，但又摘不到。看了一会儿，无可奈何地走了，他边走边安慰自己说：'这葡萄没有熟，肯定是酸的。'"

"从前，有一片雾……今天我们的故事也是从前发生的，和老师一起记今天的课文题目。"

一开始，教师语言的节奏、情感的流露，决定了孩子们上课的学习状态和课堂氛围。这种氛围就是佐藤学《教师花传书》中所讲的沉稳、轻柔、安静的学习氛围，我今天体会到了。

"雾雾雾雾，像大布，蒙住了山，蒙住了树，蒙得汽车大声嚷：蒙住了我的双眼，怎走路？雾茫茫，茫茫雾，遮住楼房遮住树。只有声音遮不住，汽车大声打招呼：嘟嘟嘟，嘟嘟嘟，大家小心过马路。"老师的儿歌《雾孩子》把孩子们都吸引住了。

语文的课堂应该是枝繁叶茂的，课堂不是教材的课堂，是语文的课堂。教师要有这样的理念，恰到好处地拓展丰富课堂，激活丰盈孩子的内心。

张老师的词语两两一组出现，指导读音、理解词义、指导写字融为一体的设计很巧妙。特别是对"暗"和"岸"这两个同音字的理解，他设计了图片展示、反义词对比"明"、根据图片组词（河岸、湖岸、两岸）。

在这个过程中，孩子们是新奇的、兴奋的。看到图片时，他们发出了"哇"的声音，那是对"岸"的认识和理解。

张老师顺势指导书写"岸"。张老师示范写后学生临写，一个左胳膊受伤绑着绷带的学生上台写，把字写在田格的上两格了，而且很小。张老师指导后让这个学生重写。这次他写在了中间，虽然还不规范，但张老师的评价很到位："有进步就有收获，有收获就在成长，相信他会越写越好，掌声送给他。"

在这个过程中，我们看到的是教师对孩子的呵护、鼓励和关爱。让孩子的内心由不会到会、由不能到能、由不行到行发生转变，给孩子成长的信心和力量。教师用爱心呵护和培育着孩子人生的种子。这就是教育的力量，而这种力量往往发生在课堂的细节之中。

最后，张老师回到课文第一句——“从前有一片雾，他是个淘气的孩子。”“下一节课让我们再想象‘雾孩子’的淘气和奇妙变化。大自然奇妙无比，本文的作者用丰富的想象力让我们感受到了雾的奇妙变化。下课后，让我们走进科学，探寻大自然的奥秘。”

下课后，孩子们的学习才刚开始。在走廊里我拉住了两名学生问：“你们喜欢这节课吗？”

“喜欢，喜欢写字，喜欢雾的淘气。”

“和你们老师上课一样吗？你喜欢哪种课堂？”

“和我们老师不一样，我喜欢这样的课堂。”孩子甜甜的笑声中流露出内心的真实感受。

一节让学生喜欢的课是好课，真实自然的课是好课。在真实自然的课堂中生成的美丽“种子”会发芽；在真实自然的课堂中学生会成长，素养会提高；真实自然的课堂会让孩子们下课后仍然能写好字、读好书。

《雾在哪里》同课异构，引发我很多思考，课堂中学生是要被教师唤醒、激活的，教师在课堂中的“技艺”是这节课师生是否绽放教育教学之花的关键。

2019年10月1日　星期二　晴

整齐划一

上午9点，我们集聚在学校五楼会议厅观看庆祝中华人民共和国成立70周年大会的直播，我们个个脸上贴着国旗，手拿国旗，心情激动地等待大会的开始。

壮阔七十载，奋进新时代。旁边的同事也是激动万分，为祖国的繁荣富强感到自豪。

她问我："一个方队有多少战士。""352！"

"真的！"她查了网络，确认了这个数字。

记得2009年，在庆祝中华人民共和国成立60周年时，我让孩子们观看阅兵仪式，看着一个个方队整齐划一地走过，孩子们感到非常震撼。

我问："你们知道一个方队有多少人吗？"

"200人？""300人？""反正像一个人在走。"

我说："一个方队是352人，他们整齐得如同一个人！"

看着孩子们惊讶的表情，我说："是呀，这就是团结的力量，我们班有64人，为什么不能在课堂、跑操、路队中做到整齐划一呢？"

从那以后，我们的班集体有了强大的凝聚力。转眼10年过去了，孩子们都长大了，他们是否能想起我对他们的要求，做一个像军人一样的人。

想到这里，我泪眼模糊，心潮更加澎湃。

2019年10月18日　星期五　阴转晴

观课议课

年轻的老师课前5分钟说课，我和其他3位老师课后15分钟评课，这就是我校的年级组赛课。

梅老师开始讲了，我根据课堂变化整理修改自己的议课稿。她讲得很不错，40分钟很快，我是最后一个议课的，因为比较熟悉，基本脱稿。

《坐井观天》是一篇统编版老课文。老课文怎么教？统编版小学语文教材带来的是从课程目标到课堂形态，从教学内容到教学方法与策略的新转身、新走向，《坐井观天》教学中如何落实语文素养？我们在探究。

“国培计划”30天，其中10天培训的是关于如何观课、议课。专家从课程性质（教学目标和内容）、教师教学（课堂环节和教学技能）、学生学习（学生的倾听和参与的态度）、课堂文化（课堂氛围、学生的思维和话语以及收获）这四个维度来议课。四个维度相辅相成、融为一体，用这四个维度来观课议课，就是在考查课堂中是否落实了核心素养培育。

张老师、狄老师、何老师从教师的教学课堂环节和教学技能、学生学习的倾听和参与的态度等方面进行了观课议课。我主要从课程性质（教学目标和内容）、课堂文化（课堂氛围学生的思维和话语以及收获）的角度来交流。

课后题是落脚点。课后练习是教材的重要组成部分，与课文相辅相成构成一个整体。统编版小学语文教材的一大亮点就是围绕人文主题和语文要素，双线组织单元，每个单元语文学习的目标都十分清晰地在教材的课后练习和语文园地中加以呈现。在教学中，教师应透彻解读课后练习的编排意图，认真研究，合理开发和利用，将课后练习与课堂教学进行完美的结合，真正地提高课堂教学的效率，从而促进学生语文素养的整体推进和协调发展。

课后的练习题是制定教学目标的依据之一，这是统编版小学语文教材编者的重要理念。在教学中，要充分利用课后练习题，这对提高语文教学实效性、避免在教学中走弯路能起到很好的保障作用，也能提高学生的语文能力。教师一定要有把课后练习题融入教学的意识，围绕课后练习题制定目标并展开教学。当然，也不排除教师根据学情和对课文的理解再设计几个问题。

语文是文化的载体，语文也是文化本身。语文教学要通过听、说、读、写、练等多种语文实践活动，让学生在语文学习中传承社会主义先进文化、中华优秀传统文化、多元文化等，最终成为一个合格的社会主义接班人。

拓展主题阅读《两只青蛙》《青蛙看海》和推荐书目《经典故事寓言》《伊索寓言》，以文带文，升华主题，落实了大语文的阅读理念和文化传承的培植。“站得高，看得远”“世上无难事，只要肯登攀”“山外有山、学无止境”的主旨教学润物细无声。

我们的议课赢得了掌声。

《坐井观天》的设计理念和我们组专业化的观课、议课让校领导和其他语文老师耳目一新。

中午接到工作室伙伴斌老师的电话：“师父，我要及时表达一下我激动的心情，我被您的专业评课震撼了，内心的火焰又一次被点燃了，不……是烧着了。我要加入你们的团队（‘国培计划’甘肃省乡村教师县级培训团队），要到更高的平台学习。”

听着他对我的肯定和鼓励，我很激动，同时也被他的热情感染，更想帮他参加下一阶段的“国培计划”甘肃省乡村教师县级培训团队的培训。

是呀，只有站得高，才能看得远！

2019年10月21日 星期一 阴转晴

一课一得

秋天是收获的季节。但对于一线语文教师来说，统编版语文新教材的教学才是探索的开始。无论是校本教研，还是各级培训，我们能明显感受到语文教师的困惑与迷茫，当然还有忙碌和焦虑。

新教材教师如何教？新课堂学生如何学？我认为关键要做到以下几点。

（1）熟悉教材有状态。态度决定一切，放轻松，从熟悉教材入手。把教材当自己的宝贝一样随身携带，多读多想，和教材建立像老朋友一样的关系。多听课文录音，多领着学生学读课文。

（2）解读教材是关键。要把握统编版教材双线组织单元，人文主题与语文要素双线并行。首先，对照语文课程标准，把握好学段目标，教学的轨道就不会跑偏；其次，从单元整体入手。例如，四年级上册第一单元，看单元导读页，水墨画面，意境悠远，山水俊美，右下角指向两大要素，一是“边读边想象画面，感受自然之美”，二是“推荐一个好地方，写清楚推荐理由”。两个要素，一个指向阅读，一个指向表达。

要有逆向大单元设计的思路，以终为始。从单元习作出发，明确目标；从单元课文的课后习题入手，明确教学策略，我们看到，每一课的课后题都直指语文要素，进行训练，各有侧重，各有联结，也有梯度，但都指向习作目标达成；口语交际、语文园地训练点是对阅读训练要素的一个小结，在阅读教学过程中，就可以拿过来用。

（3）备课时间要舍得。备课备两头，备学生、备教材。备好课，才能自信地走进新课堂。一线教师在学校上班时间几乎没有完整的时间备课，批作业占用了大部分时间，另外还要批阅作文。所以，备课肯定要在下班后付出时间和辛苦。

（4）课讲不完要反思。一课一得，要把学生放在课堂中心位置，打破自己以往的教学理念和教学习惯，对待每篇课文，抓重点、抓难点、抓关键点，把平时的啰里啰唆、细枝末节、串讲串问，统统去掉。

面对统编版新教材，很多教师都是第一次。我们要迎接第一次，挑战第一次，做好第一次，挖掘自己的潜能，相信自己，带领学生一起挑战，为学生的成长而教。

2019年10月22日　星期二　阴转晴

让梦飞翔

“国培计划（2019）”甘肃省白银区“送教下乡”项目，明天就要在白银区第八小学启动了。我和狄海峰、王冬梅老师承担并主持小学语文东片区的培训任务。到晚上10点，改了又改的“破冰活动”朗诵诗总算完成了。

以爱为翼，让梦飞翔

飞吧飞吧，我们的梦啊，金色阳光就在你前方。
改变，从今天开始，缔造美丽让我们一起出发。
创造美，是蜕变的光华，只有爱，是永恒的表达。
自强心，有无穷的力量，只有爱，是永恒的教育。
只有你，是我们共同的家。
“国培”牵引着我们，心中渴望美丽的梦想。

我是一名师范生，
我是一名人民教师，
我是一名人民教师，
我们都来自农村，我们都因梦而努力前行。

当我带着梦想、满怀喜悦又走进“国培”的画卷里，
当我带着无限憧憬和使命沉醉在西北师大的课堂里，
当我以培训者的身份和您相约在深秋的校园里，
内心是激动的、忐忑的，
我们将这份责任担在肩上，放在心里。

我听见天空说：天行健，君子以自强不息，孩子，勇敢地逐梦去！

我听见大地说：地势坤，君子以厚德载物。孩子，承载是你的义务！

我听见先祖说：天之道，利而不害，人之道，为而弗争。孩子，让你的梦想去升腾！

我的梦，你的梦，我们最初的梦，是在那美丽的乡村。

于是，我想起了，在无数个黎明，我的梦想和着金鸡的啼鸣在乡村的土地上生根。

于是，我想起了，在数不清的正午，我的激情像天空的太阳、地里的高粱一样滚烫。

于是，我想起了，在无数个夜晚，我在炊烟袅袅的乡村伴着书香入眠。

如今，我们走在一起，
让梦汇聚成满天星斗，
让梦汇聚成涓涓细流。
我知道，我的根在乡村广袤的土地上，
我知道，我的情在乡村湛蓝的天空上，
我知道，我的爱在乡村孩子纯真的笑脸上。

“国培”是一种精神，更是一种传承，
那是旭日东升的力量，鲜亮、蓬勃，
“国培”是不忘初心，砥砺前行，
培养好接班人就是和着祖国的节拍飞翔，
“国培”是课堂中的绽放，素养的提升，生命的成长。

祖国的召唤时刻回响在耳畔，
学高为师、身正为范，立德树人。
前辈的叮咛时刻在心间，
教书育人、无私奉献、桃李芬芳。
把对自己的锤炼和祖国的命运相连，
满怀激情、追逐梦想、向善向上。

今天，小学语文因为“国培计划”而熠熠生辉，
今天，小学语文因为西北师大而豪情满怀，
今天，小学语文因为您的参与而芳香四溢。

这里有春天的气息，让我们播下梦想的种子，
这里有夏天的绚丽，让我们绽放生命的活力，
这里有秋天的丰收，让我们聆听硕果的欢笑。

这梦在你清澈的双眸中，
这梦在你流淌的笔尖中，
这梦在你明亮的心灵中，
以爱为翼，让梦飞翔！

2019年10月26日　星期六　晴

现场说课

“国培计划（2019）”甘肃省白银区“送教下乡”进入“现场说课”环节。学员们用整整一天的时间进行研课磨课。在张艳平教授的指引下，小组内每位老师就自己选定的课进行说课，确定一节课，组内从宏观（课程标准）、中观（单元主题）、微观（课后习题）三个维度，针对语言的建构与运用、指向写作的阅读教学等方面进行研课磨课。

10位学员上台说课，专家一一点评，然后全体教师进行二次磨课，最终确定：四龙学区的武银红、王岘学区的蒋星羽、区七校的马娟、区八校的曾荧莹4位教师讲课，4位教师说课，12位教师进行议课，落实了第二阶段的“5113”展示课和同课异构。这既是“国培计划（2019）”甘肃省白银区“送教下乡”第一阶段的结束，又为第二阶段拉开序幕。

“国培计划（2019）”甘肃省白银区“送教下乡”第一阶段项目中，受培老师不光在理论中成长，在课堂中成长，在观课议课、研课磨课中成长，更在写作中成长。4天时间，教师们共完成日志324篇、观课量表240份、总结108篇、美文12篇。

4天的培训结束了，教师们在互相学习中又开始了新的征程。一幕幕画面、一个个场景、一次次合作、一次次碰撞、一篇篇心得，记录着教师们的成长，见证着他们对教育的热爱。

努力从来不白费，今天撒下的种子，将在你看不见、想不到的地方，静静地生根发芽。

相信在不久的将来，“国培”的种子一定会在白银区教育的沃土上生根发芽，开出美丽的花朵。

2019年10月27日　星期日　晴

唤醒和点燃

“国培”第一阶段的“送教下乡”结束了。

4天的时间，我和伙伴们早出晚归，披星戴月，乐此不疲。我们成长着，收获了自信和勇敢，更收获了幸福和感动。

金山中心小学苏生国：“片言之赐，皆事师。感恩沈爱莲名师团队手把手对我专业的引领。祈祷引领永远在路上，只有进行时，没有完成时！”

王岘学区东台希望小学王艳琴：“沈老师，您好！感谢您给我们提供这个平台。我是一位教龄11年的农村教师，我曾经也满怀激情过，也想成为一位优秀教师，但是败给了现实。哪里需要哪里干，林林总总只带过4年语文课，站在讲台上我是累并幸福的，但是机会不多。这学期刚休完产假，回来接了一年级的一个班，我是激动的、期盼的，白天认真讲课，晚上继续干着教导处的活儿，忙，但是充实。”

四龙学区王学前：“我快退休了，是代替别人来的，没想到来对了。教了一辈子书，这次培训是最好的。遗憾的是年轻时没有遇到你们。”

伙伴狄海峰：“这次国培，虽然我们披星戴月，累但幸福，这种成长人生第一次。”

一位没有留名的老师：“第一天我没有来，在学校给孩子上了两节课，通过3天的培训，通过张艳平教授的讲授，燃起了我对语文的挚爱；王老师和您的示范课让我激动的心久久不能平静，燃起了我对讲台的热爱。每天培训完没有疲惫，只有兴奋，回家的步伐是快乐的，期待第二阶段的培训。”

老师们的留言让我突然觉得30年的教学生涯有了意义和价值。

生命，很多时候是在等待一根火柴，我们要用爱做成一根有良知的火柴，点燃和温暖身边的老师、家长和孩子们。

教育的本质就是唤醒。唤醒自己，唤醒每一个生命，像水一样润物细无声，像水一样智慧博大，像水一样向善向美，像水一样润泽生命。

2019年11月7日　星期四　晴

柳暗花明

年级组赛课版“水到渠成”。

徒弟梅老师参加年级组赛课选定了《坐井观天》，三次备课，三次磨课，三个晚上的共同付出。讲得很不错，得到领导和同事的夸奖，校长的表扬：“低年级的课还能设计得这么好。”我的评课“走向专业的观课议课”也引起不错的反响，老师们开始研究新教材，走向专业评课。

送教下乡版“峰回路转”。

给全区100多名教师示范展示《坐井观天》，我是有压力的，尽管课很熟悉，但是学生呢？八小的孩子大多来自乡村，我对他们的学情了解很少，也没有时间去了解，只能在课堂中把控。

的确是这样的。再好的设计，学生不同，课堂就会展现不一样的风景。八小的这节课是我教学生涯中又一次的“难忘一课”。因为课上颠覆了之前的预设，没有预料的课堂变化和学生的反馈让我使出了我30年的经验和功底，让课堂“华丽转身”。

我没想到孩子们找不出小鸟和青蛙的对话，课堂一开始就陷入困境。面对无助的孩子，面对100多名听课教师担心的眼神，我的心里只有一个念头：课堂生成时，正是师生成长、发展时。于是，我引导孩子们读书、再读书，在等待、再等待中，一个小手举起，两个、三个……终于，全班学生都能找到“三次对话”。

用了15分钟时间。孩子们笑了，因为他们懂得了对话，老师们松了一口气，因为学生的学习进入状态。

在我的夸奖下孩子们的发言很积极。可是坐在前面的一名小女生一直不举手，弯着腰、低着头，偶尔抬头怯怯地看一下我。第一次我微笑着让她发言，她头低得很低。第二次我鼓励她，她站了起来，声音很小。第三次我摸着她的头说："宝贝，加油！你的声音很好听，让全班同学听到，让老师们听到！"她发言的声音大了很多，声音像唱歌一样动听。

孩子们和听课老师都为她鼓掌，她的脸上顿时绽放出光芒，腼腆的笑像盛开的花朵。一直到下课，她每次都举手，一次比一次说得好，声音响，这也成为课堂最亮丽的风景。

第二天，我在舞蹈厅碰到她，她拿着皮球，看见我腼腆地跑过来，腼腆地笑。我让其他老师给我们拍了张照片，她一蹦一跳地跑了。这节课也让我明白了"以学定教""以生为本"的重要，也真正领悟了教育的本质是唤醒和激励。

本班教学版"柳暗花明"。

经历了两次教学，该在自己班上讲课了，拿手好戏，小菜一碟。第一课时，孩子们读得很不错，"三次对话"没有人找错，我不放心，问一问为什么是三次。"小老师"们讲得头头是道，我惊叹于城区孩子的基础。

可总得难一难他们吧，多音字"哪"跳入眼中。

"你从哪里来呀？"疑问的语气，从井底疑问到井口。孩子们读得真不错。"你弄错了，天无边无际，大得很哪！"轻声感叹的语气，轻声中有分量，有赞叹的语气。在对比中孩子们不但分清了读音，还明白了语气不光藏在标点中，还藏在不同的读音中。

趁热打铁，拓展仿说。"你到哪里去了？""哪个是你的？""这是哪儿呀？""天真蓝哪！"从多音字突破，孩子们在朗读中读出语感，体会不同的语调所表达的情感，落实了语文素养。

不一样的学情，不一样的教学，不一样的目标。设计有道，教无定法才是真法，以学定教、唤醒生命才是正道。

问渠那得清如许？思变引得活水来。

2019年11月15日　星期五　晴

幸福的种子

“国培计划（2019）”甘肃省白银区“送教下乡”项目第二阶段结束了。感恩这段美丽的遇见，在结业典礼上我们三位主持人朗诵了自创的诗歌《做一粒幸福的种子》。

做一粒幸福的种子

我是一粒种子，生长于国培的沃土。
理念引领、教研教改、校本课程、培训带动，
国培路上，我是一粒幸福的种子！

我是一粒种子，生长于国培的校园。
诊断示范、研课磨课、成果展示、总结提升，
国培路上，我是一粒幸福的种子！

我是一粒种子，生长于国培的课堂。
解析教材、创新设计、提高技能、提升素养，
国培路上，我是一粒幸福的种子！

做一粒幸福的种子，把我种在破冰活动的温暖中。
用我的机智，用我的热情，用我们的明媚。
拉近你，拥抱我，点燃你，激活我。
我们有了一个生动的名字，
心像阳光一样明亮。

我忘不了，

忘不了击掌传情的欢笑，
忘不了击鼓传花的歌声，
忘不了载歌载舞的舞步。
忘不了交流碰撞的火花。
忘不了我和我的祖国一刻也不能分割。

就这样，我们走在了一起，
就这样，我们的心连在一起。
就这样，我们在明亮中走向教育的深处。
就这样，国培的种子撒向教育的沃土。

做一粒幸福的种子，把我种在语文教育的芳草地，
让语文核心素养的提升流淌在我们的血液中。
让语言的建构和运用在我们的头脑中，
让思维的发展和提升铭记在你我心中，
让审美的鉴赏和创造绽放生命的芳香，
让文化的理解和传承成为我们自觉的行动。

我们是小语人，
提升语文素养是我们永远的使命。

做一粒幸福的种子，把我种在教育的课堂里。
核心素养如雨露阳光，燃烧着激越生命的沸腾。
走向专业的观课，议课是我们共同的追求。
让那小小的光星火燎原。
从此后，在教师教学中追寻师道的传承，
让那传承温暖孩子本就纯洁的心灵。
从此后在学生的学习中感受莘莘学子的喜悦，
让那喜悦硬化小语人的骨骼。

从此以后，让课程文化成为润物细无声的甘露，

让那流淌丰盈我们小语人的梦。

我是一粒幸福的种子，把我种在孩子们的心田里。
那湛蓝的天空告诉我的，我都告诉孩子们，
那挺拔的大树告诉我的，我都告诉孩子们，
那流淌的泉水告诉我的，我都告诉孩子们。
唤醒、激励、点燃，生命成长，
自信、勇敢、追求，一生影响。

这就是语文，这就是课堂，这就是教育。

做一粒幸福的种子，
把我种在国培的魂中，
把我种植在108位老师的心中，
像光一样温暖，
像灯一样明亮，
像水一样向善。

你从我的眼里读出激情澎湃的飞扬，
我从你的眼里读出热泪盈眶的向上，
我们从彼此的对望里读出白银教育的方向，
这就是国培，这就是种子的力量。
在看得见的地方，在看不见的地方，
在白银教育的沃土中生长、生长、再生长。
这就是教育，这就是幸福。
今天撒下的种子，
在你看不见、想不到的地方，
静静地生根发芽、开花结果。

我骄傲，我是一粒国培的种子，
我自豪，我是一粒国培的种子，
我幸福，我是一粒国培的种子。

2020年1月1日　星期三　晴

竹子定律

竹子用了4年时间，仅仅长了3厘米。

从第5年开始，以每天30厘米的速度疯狂地生长，仅仅用了7周的时间，就长到了15米。

其实，在前面的4年，竹子将根在土壤里延伸了数百米。做人做事亦是如此。不要担心你此时此刻的付出得不到回报，因为这些付出都是为了扎根。

50岁的我，开始真正成长。

这一年，自己经历了几次高强度锻炼——“国培送教下乡”“助力青年教师成长”“我的教学能力提升”“我的周末”“我的家常课”“我的教学风暴”等；这一年，我的论文《在磨课中收获，在赛课中成长》获得了甘肃省论文大赛一等奖，我获得了两次省级专家的讲座聘书，开展了《曹冲称象》《坐井观天》《掌声》《牛和鹅》4次公开课的教学，做了6次讲座，起到了很好的示范和引领作用。

这一年，工作室的第一季室刊《成长》刊印成册。这一年，我为孩子们办了19期日记小报，出了孩子们的第一本写话集《笔尖下的玩具》，让写作为孩子们每一步成长留存美好童年的记忆。

这一年，我明白了：“成长不仅是人的自然生长，更是生命的追求和价值的实现。人的一辈子都应该在成长的道路上。”

2020年，继续扎根、成长。

2020年2月1日　星期六　晴

最好的修行

突然而至的新型冠状病毒感染，让我们猝不及防。

平常的周末，大街小巷应该是热闹的，公园里应该是欢跃的。可现在的人们大多都待在家中，大街上偶见人影，公园里空无一人。

我也依旧待在家中看书。歌德说过："读一本好书，就是在和许许多多高尚的人谈话。""经验丰富的人读书用两只眼睛，一只眼睛看到纸面上的话，另一眼睛看到纸的背面。"

我今天看完了《读书是教师最好的修行》这本书，作者常生龙是上海市物理特级教师，他用自己亲身的成长经历和读书感受告诉我们，读书是教师最好的修行，向我们推荐了他看过的50本书并介绍了书中的精髓。他想告诉我们，工作和生活中会遇到很多困惑和难题，其中绝大多数的问题都有解决的办法和路径，并且已经被别人进行了总结，形成了理论，发表在各类著作中。作为一名教师，更应该在读书中找到路径和答案，在前人的帮助下，站在前人的肩膀上，在前人的经验带领下，我们会站得更高，行得更远。

本书共有"教学即创造""教育即生活""学校即社会""理论即支点""变革即未来"五个专辑。在这个急速变化的时代，养成阅读的习惯，可以让我们始终站在时代的制高点上来思考和筹划，可以让自己在教育实践的过程中少走很多弯路、在教育探索的道路上获得更多的成功，对自己、对学生、对学校，都是一件很有意义的事情。

走进这本书，一句句教育家的教育名言会开启你的心智。

孔子曰："其身正，不令而行；其身不正，虽令不从。"

班固说："教者，何谓也？教者，效也。上为之，下效之。"

陶行知说："我们必得会变小孩子，才配做小孩子的先生。"

于永正说："教了47年的书，最终把自己教成了孩子。"

蔡兴蓉说："语文教师的使命，一是给学生一定的语文知识，二是给学生丰富的精神世界。"

博尔赫斯说："如果有天堂，天堂应该是图书馆的模样。"

苏霍姆林斯基说："教育技巧的全部奥秘就在于爱护学生。"

走进《读书是教师最好的修行》这本书，就像一次简约的精品路线自驾游，富有哲理的"人文景点"教你怎样教书育人。

《做一个学生喜欢的老师——我的为师之道》一书的作者于永正，也是我们学习的榜样。他的教育理念是"自己先变成孩子""遵循教育的规律""要时刻以身示范"，当师生融为一体，教育真的是一种幸福，教育也会变得简单、轻松而有效。

一个没有阅读经典的语文老师，就没有真正的语文底气。不会写作的语文教师，他的职业竞争力就削减了一半。能不能写作，也许是一个教育家和一个教书匠的根本区别。高万祥倡导教师特别是语文教师要进行以下三种写作。

一是像写情书那样写日记、随笔。坚持不懈地撰写教育随笔，可以提升自身对教育的认识，逐渐成为教育名家。二是原创教案。这是教师每天进行的教学创作，也是教师专业成长的真实记录。三是文学和学术写作，为教师教育实践和教育理论之间架设一座桥梁。

一个幸福的老师，一定有一个明确的可以为人为己带来快乐和意义的目标，然后努力去追求。人的第一责任便是使自己幸福，一个能使自己幸福的人，也能使别人幸福。

的确如此。

从今天开始，52岁的我要加倍以满腔热忱来对待工作和生活。爱默生说："有史以来，任何一项伟大的事业，没有不是因为热忱而成功的。"热忱是我们追求幸福必备的核心精神。

从今天开始，52岁的我要继续坚持每天读书、写作，并引领我的孩子们每天坚持读书、写作。

从今天开始，52岁的我要更加努力，做一个幸福的语文教师。

2020年2月11日　星期二　阴

语用教学

今天开始看刘仁增老师的《我的语用教学观》。

当下，小学语文界正涌动着一股“语用”热潮，语文教学实现了由内容分析向语言学习的重大转变。但是，如何有效、高效地指导学生“学习语言文字运用”，许多教师心中无数，“唯语用”与“伪语用”的语文课堂屡见不鲜，可谓是“乱花渐欲迷人眼”。

刘仁增老师在他的书中从理论层面阐述了语用教学的主张、架构和运行机制，更以大量的教学实例介绍了语用课堂如何建构、语用训练如何设计、语用策略如何操作，等等，具有很强的借鉴价值和实用意义，是一道回归本然的教学风景，读来让人有一种“不畏浮云遮望眼”“柳暗花明又一村”的感觉。

语用，是语文教学的本然，“纸上得来终觉浅，绝知此事要躬行”。学生从最初在书本上接触知识到最终完全内化、把学到的知识变成自己的技能需要一个过程。这一过程从表面上看是“知识—技能”，其实不然，应该是“知识—感知—体验—练习—技能”。我们往往没有看到中间的环节，在教学中只是很简单地把目光集中在两端上，试图一下将技能“倒给”学生，结果我们教得筋疲力尽，学生学得索然无味，何谈能力提升？所以，我们不但不能省去中间学生实践的环节，而且要大量地实践，不断地“历练”言语，让学生获得属于自己的语用能力。

“语用教学”就是“五化”课堂。教师通过对文本语言的精准把握和学习活动的精心策划，以语用为核心，建构教学内容明朗化、教学思路简约化、学习活动结构化、语言体验品质化、言语实践增值化的“五化”课堂，让学生在发展、感悟、模仿、类推、创造等积极语用状态下感受语言魅力，习得读写经验，生成言语智慧，提高言语技能，促进语文核心素养的形成和发展。

刘仁增以自己十多年的教育实践和对语文教学的坚守给我们呈现了“一道回归本然的教学风景”，他告诉我们：“语文教学的实质是语用教学。语文教学不止于内容理解、不止于知识传授，更重在语言经验的习得与丰富，语言能力的运用与建构，语文核心素养的培育与发展。”

这本书值得细细品读。

2020年3月12日　星期四　晴

播撒美丽

在备《开满鲜花的小路》一课时，我想到了绘本《花婆婆》。

《花婆婆》是关于一个人一生的经历和梦想的故事，也是关于如何使世界更美丽的故事。美丽的鲁冰花的种子撒遍山野，于是世界到处鲜花盛开，美丽无比。花婆婆完成了爷爷交付给她的第三件事，也是最困难的事——“让世界变得更美丽”。

美丽的花种子撒播进每个人的心田，而花婆婆就是美丽的化身。

什么样的事才能让世界变得美丽呢？莫过于用真诚的爱去努力实现美好的心愿。

《开满鲜花的小路》是一个童话故事，表达的就是让孩子们播撒美丽，让这个世界变得更美丽。播撒美丽，可以送给别人美好的礼物，如花种。

我设计了这样的板块教学：读课文学生字，结合图文理解、积累、运用文中语言，拓展阅读《花婆婆》升华主题——让世界变得美丽的礼物都是美好的礼物。

将文本与课外沟通，将语言训练与情感体验相结合，将“人文主题”和“语文要素”融为一体。

在备《邓小平爷爷植树》一课时，我看到微信中大队部让孩子们观看《跟着习爷爷去植树》的很多照片，突发感想，两代伟人都是那么一丝不苟地传承植树的精神。植树造林、美化祖国是我们每一个人的责任和义务。

两位伟大的爷爷每年的3月都能亲身植树，而且那么用心和认真，这是多么大的精神激励呀！所以，我让孩子们用心读一读《邓小平爷爷植树》，想一想，然后用自己的笔写一写。

在《开满鲜花的小路》和《邓小平爷爷植树》的教学后，我在班级开展“播撒美丽”实践活动，让学生参加一次美化环境的活动：亲自种一棵树、一盆花。

链接课文与生活，调动学生已有的生活经验，迁移和强化学生运用语言的能力，提高学生的人文素养。一切教学设计都要基于学生的核心素养发展，“语用”教学实现了教材“双线组织单元”的理念。

教材中的每一页都藏着“语用”的信息和语料，都需要我们认真对待，播撒美丽。

2020年3月15日　星期日　晴

教学的本

阳光正好，微风习习。坐在阳台上，在春光的沐浴中欣赏文字：语文教学岂能忘“本”？语文教学的“本”是什么？当然是学习祖国的语言文字，发展学生的语言能力，也就是进行听、说、读、写、思的扎实训练。

反思我们的课堂，我们是不是有点遗忘这个“本”了？在教学中过于重视内容和文章中心的感悟，而缺少了语言的训练，掉进重人文轻工具的旋涡。

统编版教材“双线组织单元”，“人文主题”与“语文要素”双线并行，特别适合我们在实践中对学生语言文字进行训练。我们要深刻领会课标，解读文本，落实学生核心素养的培养。

让“读”走进课堂，让孩子们在读中走进文本，对话文本，教师要做到读有指导、读有目标、读有感受、读有共鸣。读中发现课文中的词语、句子、段落、标点等方面的特点，让学生进行仿写和迁移运用。

把“写”挤进课堂，同时为孩子们的课堂“说”“写”搭建“脚手架”，保证语言训练的有效落实，促进语言能力的真正发展。

合上书，我向楼下望去。楼前面是一大片空地，右边有几间破旧的平房，长满了杂草，偶尔有车辆经过。左边是空地，长满了蒿草，烧过的地方变得黑黑的，没有烧到的蒿草坚强地泛着黄，等待着春天的召唤。中间草地是汽车轧过的，形成了一小片干净的空白。

每天早上都有一位老者来到这里锻炼，他双手拿着长棍，不停转着圈，时而把棍伸向空中，我很敬佩他每天的坚持。这时，一只猫出现在我的视线里。黑白相间的毛，圆滚的身子，翘着尾巴，摆着屁股，优雅地从人走过的小路上走来，左顾右盼地寻找猎物。突然，猫停下来了，屁股撅起，尾巴收紧贴着屁股，头和前腿向前俯下，这是捕捉前特有的动作。

我有点紧张，目不转睛。猫不会是看到老鼠了吧？说时迟，那时快。一眨眼，猫像离弦的箭飞奔过去，还没等我反应过来，一只老鼠已经在猫的嘴中了。此时的猫并不急着吃掉老鼠，而是叼着老鼠，左右摇头，然后，衔着老鼠，翘着尾巴，大步流星地沿着小路下坡，自豪地向楼的东面走去了。

猫不见了，我还在发呆。刚才发生了什么？这只猫是野猫？自己不吃猎物，是要把猎物给它的孩子们还是同伴？从来没看到过“猫捉老鼠”，今天是大开眼界了，很可惜没有拍下照片。

回想刚才书中的内容，突然对语文教学的“本”有了自己的感悟——对学生进行听、说、读、写、思的扎实训练是“本”，但是离开课堂，学生的观察和生活体验也应该是培养学生语言能力的“本”。

如何训练学生的语言表达能力，提高学生的写作能力呢？每一天发生的事就是学生写作的素材，只有体验和观察才能写出真实的文字。

今天的日记是个美丽的意外。

2020年3月19日 星期四 晴

学以致用

今天终于读完了《我的语用教学观》。

也许因为它是与自己的教学关系密切的书，也许因为它讲的正是我所缺失的、亟须了解和汲取的专业知识，总之我看得很仔细，每天都回看一下前面的内容，有时还结合自己的教学经验翻来覆去地看，一定要让自己理解；有时还特别去记一下重要的理念，怎奈岁月不饶人，第二天就忘了，只能再看一遍。最后，我打算多记录一些自己的理解和感悟，并打算把这本书推荐给更多的同事和工作室的伙伴们。

作为一名语文老师，我也许对这场没有硝烟的战争无能为力，但可以让自己的孩子们静下心来读书，让他们在正在经历的“课堂”中习得语言和丰富“语言经验”，并把自己的所见、所感、所闻创造成自己的“言语”，获得更多的言语能力。

刘仁增说：“当你走在文本的丛林里，看不到清流，听不到鸟鸣，闻不到花香，你是厌倦、中断细读之旅，还是坚持、继续‘与读共舞’？这也许就是能否发现文本瑰丽景致的关键了，也是普通教师与大牌名师的差距之所在。”所以我们要向名家学习，首先要细读文本，找到语言训练的“着力点”，再“牵一发而动全身”，从语言训练出发，以发展学生言语能力为目的进行教学设计，一定是超越理解、感悟文本的语言运用和创作。要努力达到“句中有眼人谁识，弦上无声我独知”的境界。

学以致用，备课中我的思路发生了变化。我不再受教参的制约，不再受教案的捆绑，一切从培养学生的语言发展出发，结合统编版教材的“双线编排”将“语文素养”和“人文主旨”有机结合，做出基于“语用”的教学设计。

在备课《彩色的梦》时，我捕捉到了诗中的“精灵”。解“精灵”，文中的精灵指什么？品“精灵”，文中的精灵有什么魔法？用“精灵”，仿写课文第2、3节。

我还捕捉到第3节中藏着学生的思维的“精灵”，可以赋予学生想象更强大的魔法，赋予学生思维无限的魔力。于是我看到了学生也变成了精灵。

第一步，理解是仿写的基础，“在哪里”很关键。在这个地方看到什么，想到什么？这个地方的“彩色”是什么？

第二步，给出“支架”。教学设计，就是为孩子搭建支架，让他们易于模仿，顺利攀爬。“在哪里”，可以给定多种“第一句”。例如，在清澈的湖水旁；在蔚蓝的天空下；在盛开的花丛中……

第三步，放飞“精灵”，无限想象，从仿写走向高级的思维。

他山之石，可以攻玉。如此，很美！

读书，遇见更好的自己。正如常生龙所说：“读书，是老师最好的修行。读书可以邂逅最美的景致。”读书，让日子过得美丽而充实。这本书让我遇见了美丽的文字，美好的教学“语用观”，带给我身心的改变，遇见更好的自己。

这本书中提到的潘新和的《语文：表现与存在》、王荣生的《语文科课程论基础》、曹明海的《语文教学本体论》、魏国良的《现代语文学》等论著，我也要买来读一读。作者刘仁增体现语用教学成果的《语用：开启语文教学新门》一书也是必须要读的。

刘仁增说：“行者无疆，路在脚下；向着远方，且歌且行！”

明媚的春光就在眼前。

2020年4月6日　星期一　阳光不错

五柳春色

“人间最美四月天”，人们开始春游踏青，放飞心情，拥抱自然。好久没有出门的我，今天带着老妈去了水川五柳村的乌金峡。

半个多小时的车程，我们就到达了目的地。站在峡谷的观景台向西望去，母亲河——黄河自西向东，映入眼帘，它在五柳村转了一个大弯，这一停歇，灌溉了大片的田地，孕育了周围勤劳朴实的人家，也造就了美丽的五柳村。村子被郁郁葱葱的树木环绕，大片的柳树抽出嫩绿的枝条，在微风中婀娜多姿，好像整个村子在穿着裙子舞蹈。房屋一座挨一座，一条水泥马路穿过村子，通向湿地公园，一座小桥连接着村子和乌金峡。

游园眺河听传说。五柳村村民们多数姓“陶”，相传他们是东晋诗人陶渊明的后代，“五柳村”则因陶渊明号“五柳先生”而得名。传说，五柳村曾是大禹治水时的驻扎之地，大禹在此统领治水大军，移山劈石，疏通河道，这一壮举造就了千里黄河一道奇观——乌金峡。村子东边是乌金峡的上峡口，乌金峡国学文化园就坐落于此。

我是第三次来这里。但每一次都有不一样的风景，峡谷还是那样安静，河水在峡谷中好像静止了，两岸的石山高大雄伟，在东边形成了一个峡口，所以才有了黄河水的停歇和五柳村的柔美。

沿着石头砌成的台阶，我们来到了一大片迎春花盛开的地方。太漂亮了，那明艳的色彩直扑你的内心，让你的眼睛靠近它，再靠近它，让你情不自禁但又舍不得触摸，生怕伤害了那晶莹剔透的花瓣。

花瓣艳丽，玫瑰红、柔美的粉红、妖艳的桃红、迷人的胭脂红，总之就像天边飘来的彩云那样轻盈柔美。突然想吟一首诗，想到了杜牧的《江南春》：“千里莺啼绿映红，水村山郭酒旗风。南朝四百八十寺，多少楼台烟雨中。”

感觉要改一改，于是有了自己的仿作——《金峡春》：水村青山垂堤绿，金峡彩云映山红。不是江南黄河岸，多少春色五柳中！

大自然是一本好书呀！

2021年6月15日　星期二　炎热

何谓好学

子曰："君子食无求饱，居无求安，敏于事而慎于言，就有道而正焉，可谓好学也已。"在之前的预学诵读中，我对本则内容的理解是：何谓好学？一方面我们要抑制自己的欲望，做到不贪吃、不攀比，要勤俭节约；另一方面我们要做到虚心求教，谨言慎行。

早晨，沐浴在辛教授的讲解中，我对本则内容有了更深的理解。何谓好学？一个人的生命有自觉行动，内心有真正觉醒，努力做好每一件事，哪怕对于自己力所不能及的事，也要勤奋起来，思考起来，向身边优秀的人学习，学习他们的"敏于事""慎于言"，然后拿出勇气去面对。这样你收获的是来自内心深处的快乐，这种快乐远远超过你享受到美食和安逸生活的快乐，会使你的生活状态越来越好，生命越来越有意义、有价值。

2018年，我担任了白银区小学语文工作室的主持人。重重困难来自我内心的压力，改变来自我内心的觉醒。《教师花传书》《教学勇气》《让课堂说话》《读书是教师最好的修行》《做一名让学生喜欢的教师》等一本本教育家、一线名师的书走进了我的生活，一本本书启迪着我，引领我走向内心的觉醒。

在加入教育部名师领航工程张艳平名师工作室后，我获得了更好的学习、交流平台。我放弃了追剧，放弃了周末的悠闲，在自我重新建构，不断地学习、思考、交流中，遇到了很多优秀的导师、优秀的校长、全国模范教师、南怀瑾乡村教师奖获得者，还有经验丰富的老教师、充满活力的年轻教师……一群志同道合的人同频共振，像水一样汇聚到了一起。他们的一言一行感染着我，引领着我找到了当老师的幸福和价值。两年来，我带领着我工作室的伙伴们读书、教研、写作，带领他们在培训中找到自己，在课堂实践中找到幸福，在课题研究中找到价值。2020年，白银区小学语文工作室被评为区优秀工作室，我也荣获了优秀主持人的荣誉。

参加百日《论语》学习，让我遇到了更多值得我学习的优秀的老师和专家学者，虽然只有几天的学习，但我被经典的光芒照耀，内心更加坚定。一个人内心的觉醒是多么重要，享受美食和安逸的生活得到的快乐是暂时的，只有“好学”的收获才是久远的，这种久远的快乐会在你的每一个细胞中跳跃，让你的生命绽放，找到更加优秀的自己。

2021年7月21日　星期三　炎热

教师的山水情

水的德行就是君子的德行，大山的品格就是君子的品格。所以“知者乐水，仁者乐山”。一个生命自觉者会像水一样奋斗不息、创造不断，每天都生活在快乐之中。一个生命自觉者也会像山一样沉稳伫立，泰然谨慎，静听花开花落，坐看云卷云舒。

教师的“智”和“仁”在课堂。

“以静制动”：教师的安静就是班级的安静，教师无声的行动就是学生行为的榜样，这样的课堂流淌着安静的学习气息，像水一样润物细无声。

“以趣激活”：教师的本领就是设计一个又一个让学生兴趣盎然的学习活动，静静地赏识，温暖地激励，适当地引导点拨。

“以舍求得”：把课堂还给学生，舍得给学生读的时间、思考的时间、分享的时间，让学生在课堂中自主地自觉地学习。

“以乐同乐”：面对学生的错误，一定要包容、理解和尊重，只有学生快乐了才会有生命的成长，我们才会幸福，我们的教育才会开花。

教师的山水情在课堂。

2021年8月16日　星期一　炎热

写给伙伴们的信

亲爱的伙伴们：

你们好！第一次给你们写信，主要内容是自我修炼——读书、制作微课、通过云端指导孩子们在家有序地开展有意义的活动。今天借北师大《论语》学习的平台第二次给你们写信。提起笔感慨万分，有千言万语想对你们说。

2018年10月12日这一天，我们每一个人都不会忘记。工作室成立授牌，当接过闪着金光的工作室牌时，我感到肩上扛着沉甸甸的责任；当我听到了你们铿锵有力地朗诵我们自己写的诗《坚定目标，梦想起航》时，心中充满了力量。从那天起，我们有了一个共同的家——白银区小学语文工作室。一转眼我们一起走过了近三年的美好时光。

感谢你们让我在50岁时遇见你们。我关闭了退休模式，开启了“学无止境”的心智。我和你们一起读书、学习、教研、送教、做课题，我重新找到了生命的意义和价值。

感谢你们，是你们在我无助时，用微笑点燃我的激情；是你们在我灰心时，用行动给我前行的力量；是你们在我困惑时，用智慧打开我迷茫的心。

感谢你们，我亲爱的伙伴们，工作室搭建的是一个个学习的平台，你们给予工作室的是一次次希望和信心。

感谢你们，让更多的语文人有了一个幸福的家。现在工作室的队伍不断壮大。你们亲切地叫我沈姐姐，我也满心欢喜地把你们当成弟弟妹妹。

三年来，我们一起读书。从读什么书到怎样读书，从读名著到读专业的书，从自由读书到精读一本书。一本本教育家、一线名师的书走进了我们的生活，让我们远离了手机、放弃了追剧。我们见证了读书的力量。骨干教师海峰说：“一日不读书，浑身不舒服。”她用行动影响着自己的孩子、学生和学生家长。骨干教师月芳说："读书改变了我。"她重新捡起了丢掉多年的书法，找到了教学的激情，每天晚上坚持读书写随笔。刚参加工作的种子教师亚男、红梅在《一线带班》这本书的引领下学会了如何与家长沟通，如何激励后进生，如何管理班级……读书让我们遇见最美的自己。

三年来，我们一起教研。忘不了外出学习、观摩名师的课堂，忘不了"骨干教师引领课""种子教师成长课""师徒汇报课"中的成长，忘不了王冬梅、王海红、杨芬霞申报省级课题的付出，忘不了工作室省级重点课题研究的辛苦……

三年来，我们一起"送教送培"。

难忘"云端课堂"，我们一起读书、一起做微课、一起陪孩子们读书学习，那是一段相互鼓励、关爱成长的日子，那是一段永远铭记的日子。

难忘"国培"白银区"送教下乡"。8天的时间，我们披星戴月、精益求精，不但让工作室伙伴成长了一大截，更点燃了白银区的乡村教师对教学的激情。那是一段值得回味、长留心扉的日子。

难忘我们和乡村教师携手教研、共促成长的日子。白银区、靖远县、景泰县，我们迈出了自己的脚步。"研修一人，带动一校，辐射一区，影响一片"，我们在送教路上不断进取，携手更多的教师成长着、幸福着、盛开着。

这一切，全因有你们。2020年工作室被评为"白银区优秀工作室"，我被评为"优秀主持人"，荣获"白银区教育系统贡献奖"。我知道我收获着你们的付出和努力、成长和喜悦。我将加倍努力，带领你们走向广阔的天地。

现在，我们工作室也成为"教育部中小学名师领航工程张艳平名师工作室"的二级工作室。这让我们工作室有了更多的学习资源，更高的发展平台，更广阔的成长机会。若水童行，同生共长。一群志同道合的人同频共振，像水一样汇聚到了一起，结成学习共同体，一起读书、一起研究教材、一起研究教学、一起成长。

我们参加了教育部教师工作司赴云南帮扶支教行动，助力国家脱贫攻坚战"最后一公里"；参加了北京师范大学教师教育研究中心的中国教师教育精准帮扶公益活动"跨区域协作式名师工作室建设项目"，和云南、四川的30名种子教师线上线下学习9次；参加了西北师范大学国培项目内蒙古送教送培活动。

我们参加了网络读书、教研、课题培训，参加了城市学院组织的“星火计划陇原行”的五期活动，和天水、临夏、陇南、通渭的13600多名教师一起学习成长。

感谢、感恩张艳平老师的引领和关爱，我们唯有不懈努力，修己达人。

伙伴们，这个暑假，我们共读了《教书这么好的事》《小学语文儿童文学教学法》两本书，这是多么幸福的事。这个暑假，我们还通过网络研修了统编小学语文1—6年级上册的教材解析，在深刻理解教材的同时完成了下学期单元统整教学设计，并在小组中展示了自己的课例，这是多么有意义的事。

伙伴们，新学期即将到来，我们已经做好了准备，站在更高的起点，向更高的目标奋进。

“努力从来不会白费，今日撒下种子，正在你看不见、想不到的地方，静静地生根发芽。”这是我们工作室的寄语，再次借此机会与伙伴们共勉。

2021年9月23日　星期四　炎热

不减责任

晚上7点半，一年级新生家长的培训会在学校五楼的会议室里举行。我和家长们分享的主题是“全面呵护，放飞希望——‘双减’之下的家庭教育”。

“双减”减掉了课外辅导，增加了延时服务，但绝不意味着家长可以放松警惕，忽略自己的职责，要知道，孩子成长的关键期就那么几年，如果错过了，就是一生的遗憾。

现实中的家庭教育不容乐观。“双减”政策的实施，更让一些家长进入教育的误区，认为教育就是学校和老师的事情，以此为理由推卸责任。所以“双减”政策的解读也是非常有必要的，让家长明白“双减”，不减责任、不减质量、不减成长。“双减”落地后，家庭教育更需要陪伴孩子，帮助孩子养成阅读和学习的好习惯。

《教育最大的危险，是指望孩子“自觉”》中有这样几句话——

“教育最忌讳的，就是父母怕麻烦。”

“小时候，父母是孩子最信任的人，也是唯一的依靠，这时候是教育孩子的最佳时期。等孩子长大了，独立了，教育就变得困难了。”

“从来没有天生自觉的孩子，只有长期督促的家长。教育是一项严肃的事业，为人父母少不得要多监督、多引导。”

“家长是孩子的第一任老师，也是孩子终生的老师。”

“在教育路上，最不该偷懒的是家长，最不该放养的是孩子。”

会场很安静，年轻的爸爸妈妈们听得很认真。

我结合自己班级的教学实际和家庭教育现状与新生家长分享了家庭教育的四种状态：有计划的家庭、习惯好的家庭、重视读书的家庭和严格自律的家庭，并用具体的案例说明了家庭教育的重要性。

家长的素质决定着家庭教育的质量，家庭教育的质量影响着孩子一生的发展。

“教学生六年，想学生一生”，这是我校的育人理念，作为家长也要思考教育的目标问题，要为孩子的一生着想。家长为了教育孩子而提升和完善自己，尽己所能支持鼓励孩子成为最好的自己，也以身作则支持孩子成为真正的自己。

孩子越小，越容易养成良好习惯。配合学校培养孩子的好习惯是新生家长首先要学习的。其次，要陪伴孩子，以身作则，做孩子的榜样；理解、支持、尊重老师，让孩子爱上学校、爱上老师、爱上学习。

“老师和家长，就像两支船桨，只有双方朝着同一个方向共同发力，才能让孩子朝着我们期望的方向驶去，顺利到达成功的彼岸，拥有更好的人生。”

家长注意从小培养并尊重孩子有意义的兴趣爱好，细心呵护，逐渐引导孩子形成健康积极的兴趣爱好。未来有出息的孩子，大多是爱好众多、多才多艺的。

《朗读手册》中引用了一首诗歌：“你或许拥有无限的财富，一箱箱的珠宝与一柜柜的黄金，但是你永远不会比我富有，我有读书给我听的妈妈。”热爱读书的父母，才是孩子最大的贵人。父母读过的书，不仅滋养了自己，还影响了孩子，在这种浓厚的读书氛围熏陶下，孩子会将读书习惯融入骨血里。

孩子最好的老师，永远是自己的父母。所谓近朱者赤，近墨者黑，父母就是孩子首要的模仿对象。父母的一言一行、为人处世的方式等，都会深深地影响着孩子。你希望孩子成为什么样的人，那你就去做一个什么样的人。

有句话说得好：“好孩子是管出来的，优秀孩子是陪出来的。陪伴，不仅是给孩子成长最好的礼物，更是孩子最需要的教育。”

哲学家黑格尔说：“秩序是自由的第一条件。”

教育家杜威曾说：“一切教育的最高目的是形成性格，在每个人的生命成长中，没有比家长更重要的老师，最好的家教就是夫妻恩爱。”

柏拉图曾说：“身体教育和知识教育之间要保持平衡。知识教育可以让孩子飞得更高，但身体教育却能给孩子带来健康的体魄。”

俗话说："惯子如杀子。"父母事无巨细地为孩子包办一切，不让孩子做家务，实际上是斩断了孩子走向独立自主的翅膀，让孩子的未来走得磕磕绊绊。

最后，我向家长推荐了《你就是孩子最好的玩具》《正面管教》《好妈妈胜过好老师》《不吼不叫教出好孩子》《儿童健康讲记》《朗读手册》等家庭教育的书籍。

活动在家长们热烈的掌声中结束了。这掌声是激励，更是鞭策，教师更要以身作则，引领家庭教育融入教育教学。

2021年10月22日　星期五　阴

成长看得见

透过窗户，可以看到外面阳光灿烂。今天的讲座是由兰州市教科所的朱武兰老师带来的《促进核心素养发展的教学方式变革》。

“方向比努力更重要”，这是她强调的第一句话。基础教育就是打开学生的思维黑箱，这让我想到了我们当下的“双减”课堂，“教什么”应该比“怎样教”更重要。如何让自己的课堂高效，如何减轻学生的负担，如何让学生自主自觉地学习？唯一的出路就是改变教学方式。

让孩子们真实自然地成长，让我们的课堂真实落地。“双减”政策背景下如何深化课堂教学改革？提高作业的设计质量，精心设计基础作业，针对性地创设探究性、实践性、操作性的作业；让学生的学习看得见，让学生的学习方式、学习过程、学习思维看得见，让学生的能力和素养看得见，让学生的成长看得见。

可是在一个班集体，总有一部分学生就连基础知识的掌握都有问题。如何改变这样的状况呢？那就让他的学习行为习惯让自己看得见、让同伴看得见、让家长看得见。所以，归根结底就是让学生养成良好的学习习惯，习惯好了，学习成果就看得见了。让学生的学习看得见，首先就是让教师的教学方式的转变看得见。

加油，老教师！

2021年10月23日　星期六　晴

思维导图

今天给我们做讲座的是兰州市七里河小学的教导主任苗静。她讲座的主题是《脑科学和思维导图在课堂教学中的运用》，从“脑科学与思维导图”“绘制思维导图”“思维导图的应用”三个方面，带给我们一线教师最实在、最接地气的培训。最吸引我的是思维导图在课堂教学中的运用，她用自己的实践经验和实践案例给我们打开了教学的另一扇窗。

在“双减”背景下，思维导图在教学中的运用就像是及时雨，滋润了“双减”的课堂，减轻学生作业负担，提高了教学质量。思维导图不但让我们教师提高课堂效率，而且能更有效地让学生轻松完成家庭作业。思维导图式的家庭作业能做到面向全体学生，集趣味性、针对性、层次性、自主性于一体，学生在完成作业的同时自由发挥，各显其能。

这样的作业不再是学生的负担，而是展现学生个人魅力的平台，极大地调动了学生自主积极做作业的兴趣和自信心。这样的作业使学生的作业减“量”不降“质”，有创新、收获更大。

这两周孩子们学到了第四单元“神话”，课外阅读也是神话故事。那就让孩子们用思维导图展示自己的阅读收获吧！

2021年10月24日　星期日　晴

被动的鱼

每个人都是天才。但如果你用爬树能力来断定一条鱼有多少才干，它一生都会相信自己愚蠢不堪。

——阿尔伯特·爱因斯坦

一条鱼，不该被迫去爬树。学校，原本应是孩子们的灯塔，标准化考试制度对所有学生“一视同仁”。学生时代个人的价值，似乎仅被成绩就定义了。

一个班级，几位老师，数十甚至上百的学生。因材施教，是为人师者心有余而力不足的无奈，是嗷嗷待哺的学生们难以实现的期盼。

你怎么能要求金鱼爬树、松鼠潜水呢？原本应该成为孩子们灯塔的学校，有时却更像一套模具。孩子们被套进模子里，一个个被削成同一副模样。学校教育究竟存在多少问题？不要强迫我们的孩子成为一条奋力爬树的“鱼”。

今天的培训让人反思。

“双减”背景下，怎样做到分层教学？怎样让作业更适合每一个孩子？如何让每一个孩子都能做有兴趣的作业呢？

我们常常抱怨后进生、表扬那些跟着课堂学习的孩子。可是很少想过后进生的需求，我们的课堂教学只适合极少数孩子，而大多数孩子就像被动的、被迫去努力爬树的“鱼”，最终他们认为自己愚蠢不堪，失去信心，这是多么悲哀的教育。

课堂上我们不能只关注优等生，对那些角落的孩子、课堂头都不抬的孩子也要给予激励赏识，给他们学习的信心，让他们积极主动学习，而不是做一条被动的“鱼”。

2021年10月28日　星期四　阴

一棵树的想象

《我变成了一棵树》以一个孩子的口吻，极富童真地讲述了“我”——英英因为不想吃饭而变成了一棵树，继而发生的有趣事情，展示了一个奇妙的想象世界。全文的语言像小溪般叮咚流淌，自然、生动，焕发着天真与烂漫。

故事中有一个有意思的孩子——英英，因为不想吃饭，她把自己变成了一棵树。这棵树上长的不是水果，也不是花朵，而是鸟窝，这些鸟窝，不是千篇一律的圆形，而是有三角形、正方形、长方形、圆形、椭圆形、菱形，鸟窝里住的是小兔、小刺猬、小松鼠、小鸭子、小鳄鱼、小狐狸，还有妈妈。

似乎每一处都有着小小意外，却又是那么自然、妥帖。故事中还有一个有意思的妈妈，一个背着大包，住在三角形的鸟窝里的妈妈。妈妈会把各种食物分给小动物们，并对英英说：“小馋猫，肚子饿了，对吧？英英！”她居然还对英英眨了一下眼睛，原来，英英变成树的秘密，她一直都知道。

想象力和童心来自哪里？遥远的童话国度吗？《我变成了一棵树》告诉我们，它来自每个人普通的生活。

读教材不仅要读文本本身，还要将它置于整册教材或单元整体之中。本文作为这一单元中培养学生想象力、引导学生发挥想象进行表达的精读文本，其价值就更为深远。

视频中的美女老师首先紧扣单元目标，在教学中让学生自己默读课文，找出“大胆奇妙的想象”；其次通过分角色朗读让学生体会“有意思、有趣”；再次，让学生通过自己的大胆想象说出文中没有写出来的“奇妙想象”；最后，学以致用，让孩子们当堂进行小练笔。

课堂中的孩子们兴趣盎然，在小练笔的环节中更是写出了自己大胆但又合乎生活实际的想象。

让生活富有童真和想象，或许也是儿童成长的关键，童话的价值，正在于此。

2021年11月1日 星期一 阴

相逢是首歌

9点整，结业典礼开始。在项目组的芳芳老师甜美深情的声音里，感谢、感恩的话语穿透屏幕，沁入人心。

相逢是首歌，一首难忘的歌。

2021年10月18日，是一个让我们满怀激情的日子，我们被隆重的开班仪式感染着，被各级领导的发言鼓舞着，被各位专家的讲座点燃着。

教育局领导的关心关注引领着我们，项目组老师的温馨温情温暖着我们，专家们的倾情奉献唤醒着我们，培训伙伴们的向上向善陪伴着我们。我们难忘教育局领导对我们加强防护的叮咛，对我们学习提升的期盼；我们难忘项目组老师精心准备的文化大餐，还有那变着花样的一日三餐；我们难忘培训专家深入人心地从多个角度对我们的教学能力、教研能力、培训能力提升的助力；我们难忘培训班伙伴们那一篇篇总结到位、用心用情的美文，以及隔着屏幕也能感受到的积极主动、心灵共鸣。这一切都使得我们情不自禁地听着国培项目激越奋进的曲子，合着执着有力的节拍，朝着涵养师德、提升师能的方向奔跑、奔跑、再奔跑！

尽管我们想念家人，想念孩子，渴望回家，但我们想说：请各级领导放心，请项目组老师安心，我们会把在国培期间感受到的国家、团队对我们的爱与期待，转化为实际行动：严肃培训后期生活，严格遵守纪律，团结一心。

“非淡泊无以明志，非宁静无以致远。”我们郑重写下承诺：静心学习研修、静心涵养提升，努力成为一粒国培的种子，主动种植在国培教育的土壤里。奋力成长、静待花开。用自我的成长带动更多教师的成长，用团队的绽放带动更多教师的绽放。

相逢是首歌，同行有你，有我。十五天的培训，我们唱出了教研之歌、唱出了成长之歌、唱响了友谊之歌。让我们珍惜非常之歌，惺惺相惜、同生共长。

2021年11月9日　星期二　阴

小小的漂泊者

俨然是冬天了，空气又干又冷。

培训虽然结束，但我们仍待在宾馆，晨起看书，周围安静极了，偶尔传来宾馆服务员的声音。

在《薛瑞萍班级日志》中，薛瑞萍和孩子们一起在《秋千》中飞向蓝天，在空中上下翻，上下翻。从《长城和运河》《庐山云雾》中的“只管读，只管读，只管读”，我读出了总分写法，读出了山河壮美，读出了人间奇景，读出了孩子们的激情。

“看看黑暗吧，我为你拿来了月亮。”彭懿的图画书《睡不着吗，小熊？》中大熊的爱和小熊的温暖，像极了孩子们的生活。

泰戈尔的《飞鸟集》中写：“夏天的飞鸟，飞到我的窗前唱歌，又飞去了。秋天的黄叶，它们没有什么可唱，只叹息一声，飞落在那里。世界上的一队小小的漂泊者呀，请留下你们的足印在我的文字里。”

泰戈尔在他的文字里留下了他世界的足印，也给孩子们留下了足印。“世界上的小小的漂泊者”还有很多，会留在孩子们的文字里吗？只管读，自然会的。

这个上午除了“只管读”，还接了两个电话。

第一个是金昌的李艳老师打来的，她正在通渭的一所乡镇学校支教，请教支教帮扶如何开展，我和她分享了自己在云南怒江支教的感受：融入教学，应需帮扶；计划先行，启动激活；精准帮扶，榜样带动；活动落实，写作成长。

第二个打来电话的是城市学院的安老师，交流的话题是工作坊的课程如何安排，在交流中我们互相学习。首先要明确研修主体，其次研修内容要系统化、层次化，同时研修策略要灵活灵动，不能被课程板块束缚。比如，在集体备课中可采用解教材、定目标、议环节、商策略、预生成、重评价等环节。

今天有很多的收获。正如早晨的“听书369”中所说：“读过的书，改变气质，沉淀智慧；走过的路，开阔眼界，放大心胸；遇见的人，让我们懂得欢喜和慈悲。”

2021年11月12日　星期五　晴

语文味

终于回家了，继续网上学习。

王林波，陕西师范大学附属小学副校长，特级教师，正高级教师，教育部首批领航名师，全国小语十大青年名师，陕西省教学名师。今天观看王林波老师的示范课《松鼠》，我感受很深，一边听讲，一边做了笔记。

《松鼠》的教学环节：

（1）猜谜语——引出重要信息。顺势学习“鼠”，引出松鼠图片，引出描写松鼠的一句话。（这个环节很妙，兴趣盎然而又引发思考）

（2）读课文——提取重要信息。学生自读—老师表扬—检查5组词语—引出描写松鼠的5个方面—板书：习性　搭窝　外形特点　活动。（这个环节将自主读书、归类识字、提取重要信息整合一体，全方位激活学生的学习状态）

（3）快速抢答——整合重要信息。根据课文的5个方面快速了解课文内容—描写松鼠尾巴的句子—语言特点—与明星比较—再找拟人句—写生动的原因。（这个环节是教师步步追问，引领学生步步体会画面，体会比喻、拟人的描写，用熟悉的介绍不熟悉的，非常有画面感）

（4）和《太阳》比较——学习如何介绍一种动物的方法，学生当堂完成写作。

语文味是语文教学的灵魂。特级教师周一贯说：“语文味总是原生于学生‘学习语文’的实践活动之中，理解和运用祖国语言文字运用之中，真正的语文味应当是语文的言语形式和思想内容之间的同构共生之‘真’，和谐统一之‘善’和珠联璧合之‘美’。”

王老师的课堂中就充满了语文味。

2021年11月13日　星期六　晴

夏天里的成长

又是学习的一天。

上午观看了直播课《纸船和风筝》《司马光》《王戎不取道旁李》《夏天里的成长》，其中最有启发的是《夏天里的成长》。

《夏天里的成长》是六年级上册习作单元。人文主题是“以立意为宗，不以能文为本”。语文要素是“体会文章是怎样围绕中心思想来写的”。

单元导读明确了教学目标，就是教给学生写作的方法，上课时要紧紧围绕这一教学目标“围绕中心思想写”展开第一课时的教学。

我的启发是，习作单元直奔习作方法。方法不是孤立的，是在理解、朗读的基础上自己获得的。学方法、用方法，让学生当堂实践。

我的思考是，第二段中的学习可以让学生发现作者的表达顺序“一天—三天—几天—一个把月”，再让学生发现“变化大”“迅速生长”的表达特点。这样就更突出了围绕中心思想写，更能让学生体会到写法了。

中午的讲座中看到了吴非（本名王栋生）教授。屏幕前的他很是慈祥和蔼，最重要的是有孩子气，说话有点顽皮的味道，一下子就让人焕发了精神，驱散了倦意。他不是在做讲座，是在和我们聊天，解答老师们提出来的关于学生“习作”的问题。

如何让学生“不怕写”？学生写作的依据就是自己积累的写作经验，有书中的、体验中的、生活中的等，要让学生不怕写，就要尊重学生的自由写作，自由表达。

不给学生提过高的要求，就是不让学生改三四遍习作后再誊写，不给学生习作中的题目、一句话、一段话给出100种的评价，这是一名语文老师应该做的。爱护学生的写作兴趣应该像爱护我们的眼睛一样小心翼翼，这样孩子们的习作过程才会清澈，如小溪般自由流淌，活泼奔向远方。只有让学生永远记住的语言，孩子们才会带到很远的未来，甚至成为传家宝。

2021年11月14日　星期日　晴

让课堂“发酵”

《魔法妈妈》真的很有趣、很有味道。故事里有妈妈、爸爸、西恩、小狗，还有一个叫“沃立”的土豆。

西恩想养一条小狗，爸爸的态度很坚决——“绝对不行！”

妈妈想了一个办法，让西恩把土豆“沃立”当成宠物，无论走到哪里都带着。西恩不仅和土豆一起睡觉、一起洗澡、一起散步，还给土豆系上绳子，拉着土豆在花园里到处跑，更要命的是还哭喊着不让家人吃土豆。

这可吓坏了爸爸，很快，他就给西恩买了一条小狗。爸爸认为自己挽救了差点儿疯掉的儿子，西恩认为妈妈的确有魔法，妈妈也很高兴地拿回“沃立”做了晚餐。

读完不仅很佩服西恩的妈妈，她的魔法就是智慧。一个家庭的和谐美满要归功于一个聪明的妈妈，一名教师的智慧就是让全班同学爱上阅读。

教师就像酵头，要让课堂发酵出读书的香味。

我先给孩子们做“酵头”，精心准备小古文《王戎不取道旁李》，让明天的课堂散发出古文的韵味。

2021年11月16日　星期二　晴

浸泡名家课堂

新型冠状病毒打乱了孩子们的学习计划。两周的居家学习让我们每一个家庭、每一位老师有了很多的思考。

其间，伴随我的是《跟着名家学语文》《日有所诵》《薛瑞萍班级日志》等书，行走在名人名家著作的字里行间，被名家们温暖的思想和积极的生命状态所感染。

伴随我的还有“七彩语文杯”40节小学语文教师素养大赛的视频课，还有江苏省第22届小学语文青年教师课堂教学观摩和优质课比赛的8节视频课。持续地浸泡在课堂中，你会反思你的课堂，你会发现自己的缺失，你会发现我们荒废了学生多少时光，你会发现在夸夸其谈中我们丧失了多少对学生的“信任”和“放心”，而这样的“不信任”和“不放心”，葬送了学生多少天真的智慧，扼杀了学生多少神奇的创新。

阅读课程，必须纳入学校的课堂教学，这样才能彻彻底底让学生浸泡在文字中，才能引领学生在书本中浸泡童年。想一想就是非常有价值的事情，必须行动。

我相信，每一个孩子都是一颗灿烂的星，而且每一颗星都不同，每一颗星都很独特，各有各的闪光点。

2022年1月9日　星期日　晴

年龄不是问题

《儿童立场》今天到了，这是工作室寒假共读书目。作者成尚荣，江苏南通人，当过小学语文老师、江苏省科学研究院研究员、教育厅处长、省教科所所长，《基础教育课程》执行主编，现为教育部基础教育课程改革专家委员会委员、中小学教材审查委员，研究方向为课程教学、儿童文化、教师发展。今天读到了成尚荣说的几句话让我感觉很温暖。

自己一度认为浪费了大好的青春时光，在最美好的年龄没能多读书学习，一直感觉自己起点低，底子太薄，没有自信去做一些很深奥的事情。

所有的追赶，都是在寻觅人生的意义，人生坐标，当是意义坐标。意义坐标，让我不要太落后，让我这只迟飞的鸟在夕阳晚霞中飞翔，至于它落在哪个枝头，都无所谓。迟飞，并不意味着飞不高飞不远，只要是有意义的飞翔，就都是自己世界中的高度和速度。

年龄不是问题，走了那么久，才知道，原来现在才是开始。人生坐标上的那个起点，其实是不确定的，任何一个点都可以成为起点；起点也不是固定的某一个，而是一个个起点串联起发展的一条曲线。花甲之年之后，我才开始明晰，又一个起点开始了，真正的起点开始了。这个点，就是退休时，我在心里默默地说：我不能太落后。因为退休了，不在岗了，人一般会落后，但不能太落后。不能太落后，就必须把过去的办公桌，换成今天家里的那张书桌，走了那么久，坐在书桌前，才是开始。所以，年龄真的不是问题，起点是自己把握的。

而这一段话让我有了一种“自不量力”的勇气和冲动——我要写一本属于自己的书。因为我还没有退休，还需要努力，更是为了退休以后不落后，我更要有起点，就是现在。

2022年1月29日 星期六 阴

师恩难忘

初中同学聊天群今天特别热闹。群主雒满新提议大伙儿一起去看望李老师，并写一些我们对初中生活的回忆，表达对老师的感恩之情。同学们在群里七嘴八舌畅谈李老师当初怎样批评和“处罚”自己的趣事，回忆里都是满满的感恩。

1984年初中毕业后，我去榆中师范学校学习，榆中师范是一座建在高大连绵、威武的白虎山下的师范学校，方方正正地镶嵌在村庄和农田之间。师范毕业后见过初中班主任李老师一面，如今算起已有34年了。前几天同学在群里发了一张李老师的照片，一位清瘦的老人坐在四人中间，旁边是皋兰一中的领导。看着照片里的老师，听着同学们一个个讲述着过去的、似乎有些遥远的故事，不禁感慨万千，心灵深处难忘的二三事也跃然于眼前。

那时候，课余时间，李老师喜欢和我们一起玩儿。虽然个子不高，但走起来、跑起来都是步伐矫健。老师经常带着我们去操场打篮球，而且是男女对抗赛，结果女生总是强势，李老师总是偏向我们，常常和我们一起在操场上笑翻，引得高中的学长们羡慕不已……一次，我们走出学校，爬上山坡眺望远处，采山中野花，在铁路旁的空地上踢足球，一路上欢欣雀跃，满面春风，那喜悦的画面如今依然历历在目。

我喜欢打篮球，有一次因为跑得太快，把脚崴了，肿胀得像馒头一样，只好躲在宿舍里偷偷用热水泡脚，却被李老师发现，他怒目圆睁，连盆子带水一齐扔出宿舍，我绝望又可怜地低头不语……因为李老师有规定，除了周日下午可以洗衣服之外，其他时间一律不行，那件事让我耿耿于怀许久。不过，我的篮球基本功就是在那时练出来的，参加工作后，我还一度是学校教师中唯一打篮球的女教师。

李老师对我们的严厉不光表现在对我们时间和行动上的约束，更贯穿到我们的思想上。20世纪80年代初，人们普遍生活条件不好。我们经常吃不饱，更没有新衣服穿，我总是穿哥哥们穿过之后改小尺寸、二次加工的衣服。一次，妈妈把哥哥的的确良公安蓝的喇叭裤改小后让我穿上，那可是我梦寐以求的裤子，配上洁白的衬衣和两条大辫子，满心的喜悦，感觉自己就是跳跃在校园的最美丽的小姑娘。不料下课后被李老师“约谈”了，理由是我思想有问题，爱慕虚荣是要不得的，这样会影响学习。可怜我萌动的少女心被“扼制”了，只好一门心思去学习。

说来也怪，参加工作不久后自己当了班主任，我的严格要求得到家长的认可，班级管理也是井然有序。

最难忘的是每周末，李老师总是给我们住宿的同学做一大锅烩面片，那味道就是一个香，胜过今天任何的山珍海味。为了香喷喷的烩面片，我们心里总是有意无意地盼望周末赶快到来。

还有李老师的“一把抓”。我们班如果谁感冒了就到李老师办公室去，冬天的话就围着火炉一杯接一杯地喝滚烫的热水。说来也奇怪，只要去老师的办公室，喝上十几杯热水，感冒一般都会立马见好。我那时是李老师办公室的常客，因为我一到冬天就特别爱感冒，每一次都被李老师逼着一杯接一杯喝热水。为了让我们少感冒，冬天的早晨六点，他就带我们去皋兰的街道上跑步，一个冬天下来，我感冒的次数少多了，也让我养成了锻炼的习惯。

参加工作后，我把这种方法也推荐给了我的学生家长、同事，还有亲朋好友。我的很多朋友都是“一把抓”的受益者。

要回忆的事还有很多很多。想想自己34年的教师生涯，对学生的爱远远比不过李老师对我们的爱。李老师对教育的情怀、对教学的严谨态度、对学生的无私关爱，不正是当教师的至高美德吗？特别是他的教育理念，为学生的未来而教，让学生在身体和精神上都得到健康发展，即使在今天“双减”政策下也是值得发扬光大的，这也是我一直在追求的目标。

照片里的李老师真的老了，但他留给我们童年的关爱、严厉和温暖却永远不会消失……我们也即将老去，李老师印在我们心里的美好记忆，将一直影响我们，影响着我们的孩子、学生、家人、同事。就像夜空里闪烁的星星，晶莹剔透，虽无意在大庭广众下与日月争光，却总是于默默无闻处熠熠生辉。

细想之，这便是师恩浩荡而难忘也。

2022年2月10日 星期四 阴

儿童立场

《儿童立场》今天终于“囫囵吞枣”地读完了。1月9日开始读，整整一个月才读完。说实话，这本书之所以读了这么长时间，除了春节过年这个理由，还有个重要的原因，就是这本书看得很费力，有些章节不是很懂，我几乎是强迫着自己看的。

今天看完后，突然觉得很有必要回头看看自己摘录的重要句子和在看书过程中写下的感受，也很有必要梳理自己对《儿童立场》的理解，总结一下自己的读书收获。

回看目录，我有了再看的兴趣。

成先生用了四辑文字——“教育的大智慧是认识和发现儿童”“派到儿童世界去的文化使者”“可能性的召唤”“心灵的谷仓与那口藏着的水井”。这四辑文字深度剖析了“儿童立场的重要性”“如何研究儿童的策略”“儿童研究视角的确认、调整与发展走向”这几个问题。

再看看小目录——

“儿童告诉我们教育的起点”

“藏在故事里的教育智慧”

“教师：派到儿童世界去的文化使者”

“儿童研究：教师的‘第一专业’”

“教研：教师前行的罗盘”

在最后一辑“心灵的谷仓与那口藏着的水井”中——

“等待：是艺术也是科学”

“重寻小学低年级的‘偶像’”

“当学生拿到新课本的时候”

“童心：游戏，创造与幸福”

突然发现原来自己是喜欢看的。再读一遍，能领略到不一样的风景。

在自序中成先生说道：

我追赶童心。我曾不止一次地引用作家陈祖芬的话：人总是要长大的，但眼睛不能长大；人总是要变老的，但心不能变老。不长大的眼是童眼，不老的心是童心。童心是可以超越年龄的，只要有童心，就会有童年，就会有创造。

在书的第四辑“童心：游戏，创造与幸福”中成先生也写道：

童心，真心也：真心，真人也：童心与真心，创造之心也。语文教师需要这可爱又可贵的童心。作家陈祖芬说得好：人总是要长大的，但眼睛不能长大；人总是要变老的，但心不能变老。不长大的眼是童眼，不老的心是童心。童心是可以超越年龄的，只要有童心，就会有童年，就会有创造。语文教师以自己永不变老的童心去撞击儿童之心，童心与童心的撞击，能创造最精彩、最神圣的教育。

这些话就是告诉我们没有童心就没有儿童教育，就是告诉我们“儿童立场”就是认识和发现儿童。换句话说，用我们的童心认识和发现儿童就是“儿童立场”。成先生引用了卢森堡的一句话：“一个匆忙赶往伟大事业的人没心没肺地撞倒一个孩子是一件罪行。”这也说出了儿童教育的核心理念：①认识和发现儿童的秘密；②让儿童站在课程、课堂的中央；③解放儿童天性，给儿童自由和快乐。

那么确立儿童立场很难吗？成先生用陶行知的《教师歌》——“来，来，来，来到小孩子的队伍里，变成个小孩。你不能教导小孩，除非是变成了一个小孩。”——告诉我们，教师是长大了的儿童，只有让自己变成儿童，才能教好儿童。

在最后一辑“心灵的谷仓与那口藏着的水井”中“不布置家庭作业，行吗”耐人寻味，这和当下的“双减”政策的理念是一致的。成先生用两个“个案”告诉我们“不布置家庭作业，并非无解”。

先说个案。有两位家长都说了自己的亲身经历。一位家长是江苏省电视台的节目主持人。女儿上小学后，这位家长就向教师申请：女儿不做家庭作业，直至四年级。她对教师说：我不能保证女儿成绩非常优秀，但一定保证她的考试成绩在全班平均分数以上。结果是，四年级期末考试，她女儿的成绩名列全班前茅。另一位家长是校长。她和教师商定，自己的女儿不做学校布置的家庭作业。结果是，校长的女儿小学毕业成绩优异，而且出了专著，其中包括与文化学者余秋雨商榷的文章，洋洋洒洒，早已胜过了课内作文。

如果说这只是关于个人的个案，那么也有关于班级的个案。扬州市梅岭小学数学特级教师翟玉康，20世纪80年代初进行了教学改革，开展数学教学“四了”“三不”的试验，即“该讲的讲了，该练的练了，练后评了，下课前将学生作业收了”，“不上课表以外的课，不让孩子下课做作业，不布置家庭作业”。结果是既改革了课堂教学结构，又减轻了学生的课业负担，还大幅提高了教学质量，受到广大教师和专家学者的一致好评。

我想这正是当下“双减”政策的目的。教师追求课堂效率，让孩子们在课堂中学习、思考、练习，孩子们在课堂中完成学习任务，下课后教师不布置家庭作业，恰恰为学生自我学习、自我发展留下了极大的空间，让学生在兴趣特长方面得到个性发展，这有利于学生人格的发展和完善。

儿童立场就是认识和发现儿童，就是让儿童的情绪、情感、思维都沸腾起来，而教师就是升温的火。

再次回味书中的香味，感觉自己是在和一位智者对话，成先生始终守望儿童世界，和儿童在一起，所以还一直保持童心，在古稀之年，仍然拥有教育的大智慧和创造力。

就让我们在《儿童立场》的启迪下，来到孩子们的队伍里，变成一个小孩，陪孩子们一起站立在课堂中央，用童心去认识儿童、理解儿童、尊重儿童、帮助儿童，让更多的孩子成为他自己。

2022年3月5日　星期六　晴

幸福成长

下午2点30分，白银市第六中学的弘毅楼多功能厅坐满了年轻的教师。我简单地进行了自我介绍后，看到了他们清澈的眼眸。

为提高我区新招聘教师的职业素养和业务能力，使这些教师尽快掌握中小学（幼儿园）教育教学规律，尽早适应教育教学岗位，增强教育教学技能，成为懂规范、能教学的合格教师，根据教育部《中小学教师继续教育规定》的要求，白银区教师进修学校对我区新入职的78名教师进行岗前培训，我培训的主题是“全新启航，幸福成长”。

我用实例讲述了34年前我的两位语文老师对我人生道路的影响。他们听得很认真，随后我让他们讲讲自己最难忘的老师。

“若干年后，你能给你现在的学生们留下什么？是严厉？是关爱？是理解和尊重？还是责骂和伤害？”听到这样的追问，年轻的教师们都沉默了，思考写在他们脸上。

任正非说，“教育是最廉价的国防”“一个国家的强盛是在小学教室的讲台上完成的”。我们教师的责任重大，肩负着家族的使命，培养接班人的使命！

“双减”政策下，我们更应该把“做人”作为首要的任务，让我们的学生从我们身上感受到一身正气。所以我们的角色是向上、向学之师，是优秀的未来之师。

一段震撼人心、发人深省的短片，让年轻的教师们陷入沉思：教育就是唤醒。

我用自己的成长经历告诉他们：鸡蛋从外打破，是食物，从内打破，是生命。人生，从外打破，是压力，从内打破，是成长。教师的一生，就是一场旷日持久的精神修炼！一个人的成长需要三个关键点——关键的人、关键

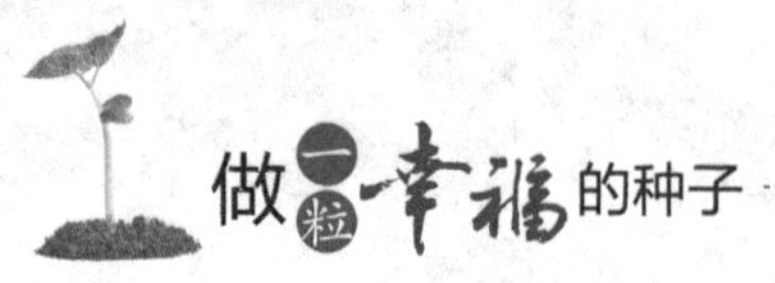

的平台、关键的活动来唤醒教师的“自我觉醒”和“内驱动力”。

所以，读书是老师最好的修行。

读书不仅是专业成长，也是人生的必修课。一个爱读书、会读书的老师，不光丰富的是自己的人生，更是学生的人生。要向名师学习，更要向儿童学习，向教材学习，向同事学习，从自身经验中学习。这种持续学习的步伐，构成了教师的人生。教师的人生是持续学习的人生。这是佐藤学《教师花传书》的理论，正是这种理论启迪了无数一线教师的成长。

于永正老师在《做一个学生喜欢的老师》中说：“教学艺术的本质，不在于传授本领，在于激励、唤醒和鼓舞。”他还说了另外一句：“如果说教育的第一个名字叫影响，那么它的第二个名字便叫激励。”在可以预见的将来，课堂仍是学校教育的“主阵地”。把课上好，是老师最重要的“看家本领”。有了这个“看家本领”，想让学生不喜欢老师都难。

新教师，加油！

2022年4月17日　星期日　阴

亲密关系

“基础不牢，地动山摇”“庄稼靠天气，教育靠关系”，越来越理解这两句话包含的教育理念。

对于四年级的孩子，基础就是课前能主动预习课文、自主学习生词、会提问题；课中能主动学习阅读。

第一课时在老师的引领下自主解决难读的音、易错的字、理解重点的词语，阅读课文能围绕单元语文素养整体感知课文的结构、顺序、语言特点，还能提出自己不懂的问题。

第二课时在老师的引领下学习表达。从写出发，以终为始，根据单元习作目标，依托课后题和课文的表达特点，习得习作方法，并利用小练笔或教师提供阅读短文，学以致用，做到单元习作水到渠成。

“基础牢靠”，关键还是要靠学生课堂学习的良好氛围。而这种良好的氛围是建立在教师和学生长时间保持密切联系的基础上。

师生关系是课堂的基础，关系好了事情也就好了。复课后，我和孩子们的关系更亲了。他们竟然叫我“沈姐姐”，甚至“沈宝宝”。

上课铃声还没响，几个小调皮就在教室门前的走廊里侦察，看我从三楼一下来，他们就跑进教室：“沈姐姐来了，沈姐姐来了！”等我走进教室，他们开心地看着我，就连平时见我就躲的学生也是满脸喜悦。

“我都可以给你们当奶奶了。”“您一点儿都不老，很年轻。”“我们可以叫您沈宝宝。”……

孩子们都乐开了花。课堂里有了笑声，孩子们的听讲也格外认真。

下午，我走在校园，身后传来了一声“沈姐姐好”！我回头一看，原来是王艺博，一个在疫情期间居家学习中荣获“作业进步奖”的宝贝，旁边两个别的班的孩子好奇地看着。

亚里士多德说：“我们无法通过智力去影响别人，情感却能做到这一点。”

我喜欢孩子们叫我“沈姐姐”。

2022年5月1日　星期日　晴

作业设计

教完四年级下册第四单元后，我对单元“教—学—练—评”一体化作业设计有了自己的感悟。

第四单元以“作家笔下的动物”为人文主题，编排了三篇精读课文《猫》《母鸡》《白鹅》。老舍先生在《猫》一文中，描写了不同时期猫的形象：猫长大时性格古怪，满月时十分可爱。围绕“古怪”和“可爱”，文章通过具体的事例表现了猫的多组相对的性格特点。《母鸡》是老舍先生的又一作品，文章以对母鸡情感态度变化为线索，描写了母鸡“负责、慈爱、勇敢、辛苦”，塑造了一位“伟大的母亲”的形象。《白鹅》语言质朴、幽默，丰子恺先生运用对比和反语的表现方法，紧紧围绕白鹅的“高傲”进行描写，好像一幅生动有趣的漫画。

本单元的语文要素是“体会作家是如何表达对动物的感情的”。统编版教材每个单元的语文要素，都是环环相扣的体系结构中的一环，因此要重视要素之间的关联，厘清目标序列。

统编版教材的使用要以“语文要素”为统领，树立整体教学观。这种整体教学观不仅体现在要清晰地了解语文要素纵向的发展脉络，还体现在要了解单元内部之间的关联，要统整每一课的训练侧重点。“交流平台”集中体现了本单元学习方法的指导与运用。在第四单元的“交流平台”中，指出了要学习作家运用“明贬实褒”的方法表达对小动物的喜爱之情。还要鼓励学生将阅读与生活联系起来，在语言表达中能运用这种方法抒发情感。

本单元的三篇课文，也承担着各自不同的任务。《猫》这篇课文，作者在字里行间流露出对猫的喜爱之情，如把“小脚印”亲切地称为“小梅花”。通过丰富的事例，表面上说猫的缺点“贪玩、胆小、冷漠”，实际上暗含着喜爱之情。在这课的教学中，重点是使学生初步体会“正话反说”的作用。

《母鸡》一课，作者着重写了自己对母鸡由“厌”到“敬”的情感态度的变化，运用了“先抑后扬”的写法。在教学中，可以引导学生关注语言表达，通过前后形成对比的语句，体会到前面的“抑”目的是突出后面的“扬”，前面的“讨厌”，更显得“敬佩”的可贵。

《白鹅》这篇课文，作者从鹅的叫声、步态和吃相三个方面细致地描摹了白鹅“高傲”的特点。在描写鹅的步态和叫声时，和狗、鸭进行对比；在写鹅的吃相时，称鹅为“鹅老爷”，着重描写了人“侍候”鹅的场面，通过妙趣横生的描述，幽默的表达，体现了反语在表达情感方面的独特作用。

教学时，教师要从单元整体的角度进行教学内容的选择和构建，分析确定这一课的教学训练点在整个单元训练系统所处的位置及发挥的作用。

本单元虽然不是习作策略单元，但是每一篇课文，都堪称习作例文典范，蕴含着丰富的写作经验，无论是内容选材，还是谋篇布局，或者是语言表达特点，都值得孩子们学习、模仿和借鉴。本单元的编排，为跟着名家学习作提供了很好的条件。

统编版语文教科书以“能力”为核心，构建了学生语文能力发展的培养体系；以“实践”为路径，强调学语文与用语文相结合，提升学生语言文字的运用能力。

3

第三辑
团队——向光而行

相约一个团队，
欣赏一路风景。
回头，有一路的故事；
低头，有坚定的脚步；
抬头，有清晰的远方；
这就是团队的力量。

2018年9月20日 星期四 秋风微拂

任重道远

“白银区小学语文名师工作室的主持人由你来担任，我相信你一定能做好。”王兆莲校长意味深长的话又在我的耳边响起。

经过三个多月的准备，工作室第一次全体成员会议在今天召开了。我有点紧张，但伙伴们却很兴奋，会议室飘来了欢声笑语，他们都是由区教研室、各学校推荐的骨干教师和青年教师，大家都很期待在团队中成长。

我先讲了工作室建设、指导思想和目标定位。

工作室由语文名师、教研员和青年教师组成，以“立德树人”为指导思想，以教师发展为本，以课堂教学、课题研究和教师培养等实践活动为载体，引领全区广大小学语文教师积极探索语文教学改革之路，以“搭平台、促成长、广辐射、共发展”为宗旨，以“专业引领、同伴互助、交流研讨、共享发展”为基本形式。

围绕工作室的总体目标，遵循教师成长规律，深化课堂教学改革，认真落实课程计划，夯实教学常规，持续培养工作室成员对教育的热情，实现他们的教育理想，解决小学语文课程改革过程中遇到的实际问题，自主开展系列研修活动，力求在三年内，形成一支有影响力、具有引领和辐射作用的小学语文教师团队。

接着，在伙伴们的热烈研讨中确定了工作室的成长理念——“在读书中成长”“在课堂中成长”“在活动中成长”“在写作中成长”，并制定了具体策略。

工作室要定期开展读书活动。教师只有自己多读书、会读书，才能积淀文化底蕴。有了文化的厚积和充盈，教师的成长才有底气和能量，教学才有持续的文化生成力和创造力，才能提升职业境界。教师的成长，根本在境界上，优秀教师要努力提升自己的职业境界，逐步感悟和践行职业的“生命境界”。

立足课堂教学，提高自己的专业技能。语文老师要高瞻远瞩，为孩子的终身发展教学；要拓展课程视野，要有丰富的生活体验，要努力打通课程与生活之间的壁垒，将制度课程转化为体验课程，努力上好教材阅读、拓展阅读、国学经典、儿童习作等课程。

搭建活动平台，追求个性发展。教师发展不能模式化，更不能一刀切，要根据每位教师在专业领域的最佳发展区和最近发展区，开展“教育故事”“课堂反思”“请进来，送出去”“送教下乡”“名师讲坛”等主题活动，使其在专业领域不断精进。

建好一个网站，促进教师发展。名师工作室要结合“自主、合作、探究”教学理念，建立自己的特色网站，前期规划了成员风采、成长档案、新闻动态、我爱读书、精彩课堂、教学随笔、课题研究、学生活动等板块，使之成为工作动态发布、成果辐射推广和资源生成整合的中心，通过互动交流，实现优质教育教学资源的共享。

在全体成员充分讨论的基础上，共同商议制定了工作室三年发展规划及目标，制定了工作室的各项规章制度，确定了“让青年教师成为骨干，让骨干教师成为名师，让名师成为特级教师”的发展方向。

为了规范管理，有效有序开展活动，调动每一位成员的积极性，工作室按照“核心成员”“骨干成员”“种子教师”组建了梯度团队，又根据组员特点采用“有效搭配”“师徒结队”“分组活动”的方法，让每一位成员都感受到自己是在一个被重视、被激励、被关爱的大家庭中，让每一位成员都能在轻松愉快的氛围中积极主动成长。

任重而道远。我激励伙伴们，要热爱语文，坚定信念，充分认识到工作室的重要意义，踏实、创新地将工作开展好，发挥名师工作室的示范、辐射、引领作用，在工作中遇到最美的自己。

“努力从来不白费，今天撒下的种子，正在你看不见、想不到的地方，静静地生根发芽。”伙伴们很喜欢这句话，它让人感觉有一种力量在心中涌动，推动自己努力进取。于是，这句话就成了我们工作室的寄语，它激励着伙伴们乘风破浪，勇往直前。

短短的两个多小时，大家从陌生到熟悉，浓厚的教研气氛在轻松的活动氛围中得到了进一步升华。

2018年10月12日　星期五　秋风萧瑟

扬帆起航

早上9点，工作室授牌仪式开始。我和伙伴们既激动又紧张，因为我们要代表白银区9个工作室在启动仪式上发言。

“这是一支激情飞扬、热爱教育的团队；这是一支意志坚定、锐意进取的团队；这是一支真诚友善、乐于合作的团队。因热爱语文而相聚，相信成长的力量，我们真实而幸福地前行，因为我们已坚定目标，扬帆起航。”伙伴们身着正装，精神十足，激情飞扬地表达内心的教育情怀，展现着小学语文教师的风采。

“感谢各级领导给予我们的荣誉、信任和鼓励，为我们组建了这样一个优秀的团队，搭建了这样一个卓越的学习平台。一个人可以走得很快，但一群人可以走得更远。今天的授牌仪式，对每一位成员来说，是责任和使命，也是肯定和舞台，更是挑战和机遇。这份沉甸甸的使命捧在手心、担在肩上、放在心里，我们不敢有丝毫的懈怠，只有勤奋工作，用优异的成绩来回报大家对我们的关爱和信任。”在我激情澎湃的结束语后，台下响起了热烈的掌声。

授牌仪式上，我们聆听了工作室导师张艳平教授的报告《一生做好一件事》，张老师亲切的语言、灿烂的微笑、真诚的交流、厚重的学识、谦和的人品让我们敬佩。

她讲道：“名师之道，源于爱。”“教育就是一棵树摇动另一棵树，一朵云推动另一朵云，一个灵魂唤醒另一个灵魂。”“生命，很多时候是在等待一根火柴。”“天降大任，唤我心归来。”……张老师用自己的成长经历告诉我们要用“爱”来做一根有良知的火柴，要用好名师工作室这个平台，引领教师找到幸福感。

她讲到名师之名在于“明”，要做明明白白的老师；名师之名应该

“名”在教学，“名”在教研，“名”在风格，“名”在人格。所以，教师首先要读书学习，丰富自己的文化底蕴，并引领学生海量阅读。

授牌仪式让我们看到了工作室所承载的意义：打造名师群体、产生名优效益、提升自我价值、享受幸福人生。

相约一个团队，欣赏一路风景。回头，有一路的故事；低头，有坚定的脚步；抬头，有清晰的远方，这就是团队的力量。

2018年11月16日　星期五　晴空万里

书香致远

区三校分校新铺的塑胶操场绿茵茵的，微风不燥，阳光正好。

工作室第一次读书交流活动在二楼会议室举行。我中午没有回家，留下来布置会场，准备PPT。年轻的张莉老师很期待今天的读书活动，也激动地忙前忙后。

工作室邀请了陇原名师李尚飞，李老师是高中语文老师，博学多才，工作室的伙伴都是他的粉丝。下午2点15分，当王兆莲校长和李尚飞老师笑容满面地走进学校大门，我倍感温暖，备受鼓舞。

今天的活动主题是“在阅读中成长”。工作室全体成员、区三校和分校语文教师共60人参加了活动，伙伴们从“师生共读”和“个人阅读”两个方面进行了交流。

漂亮的关小会老师温柔的声音像树叶飘落，她根据教材编排的特点，分享了班级主题阅读的策略和学生阅读习惯的养成。

老练的张亚玲老师根据低年段学生特点，畅谈了如何实施亲子共读策略，绘本阅读的选择标准，如何让孩子快乐阅读，也将我们带进了阅读绘本的情景中。

文静的王吉梅老师完全没有了以前的怯场，她沉着、机智的分享让伙伴们刮目相看。她根据自己在班级中开展“同读一本书”的实践，介绍了如何通过阅读与展示激发学生读书兴趣，并且让家长积极参与其中。

干练的高燕霞老师列举了全国推动读书十大人物之一的陈琴老师的事例，说明了如何达成“背诵十万字，读破百部书，能言千万字”的语文素养。

种子教师张莉和徐亚男也看不出一点儿的紧张。两位年轻人精心准备，浑身散发着活力，他们分别脱稿分享了于永正老师的《做一个学生喜欢的老师——我的为师之道》和朱永新老师的《新教育之梦》。

李尚飞老师的点评字字珠玑，幽默的语言不时地让会场笑声阵阵。他指出，在学生阅读指导过程中，要处理好中外名著、精读与略读、阅读与思考、阅读与展示的关系。在教师读书方面，他建议要立足教育教学，靠近文化源头。

李老师还就整本书阅读、古诗词的背诵等方面谈了自己的见解，勉励每个工作室成员要抓住一个小角度进行挖掘研究，走向名师之路。工作室第一次读书活动圆满结束，带给我和伙伴们的惊喜、信心和力量受益无穷。

最是书香能致远。

2018年12月6日　星期四　晴转阴

小荷露尖角

大雪时节，天气骤变，室外气温到了-14℃。白银区第三小学二楼多媒体教室浓浓的教研氛围却让大家觉得温暖如春。

工作室“骨干教师引领，种子教师汇报”观摩课及研讨活动如期举行。骨干教师关小会执教北师大版教材六年级古诗《墨梅图题诗》，种子教师徐亚男执教统编版教材一年级童诗《四季》。

从一年级到六年级跨度很大，但这两节课都让我们感受到了对学生核心素养的培养。徐亚男语言亲切，温暖地微笑着，牵着孩子们的小手，带着孩子们漫步在丰盈的青草地上，从摆放文具、坐姿、倾听，再到孩子们识字、写字、读书习惯，教给的是方法，培养的是能力。更可喜的是，一年级的小朋友也有了初步合作的意识。

在六年级的课堂上，关小会老师也是亲切微笑，激励的语言像清清小溪流进孩子们心中。她完全放手了，跟着六年级的孩子品画、吟诗，走进墨梅的“卓尔不群”。孩子们已经具备了自学的能力，自己读诗，合作品诗，全班分享，每个人都是朗读者、鉴赏者、演讲家，个个都是小老师，出口成章，情感丰富，表达自然。这是养成良好习惯后形成的读书能力、倾听能力、合作能力、分享能力、表达能力，这就是核心素养。

两个小时的交流研讨中，专家的点评抛砖引玉，高屋建瓴；老师们的交流精彩纷呈，收获满满。活动在浓浓的教研氛围中结束，让人意犹未尽，更多的思考和感悟留在伙伴们的心中。

这次活动对成立三个月的工作室来说是一次考验，对工作室的成员来说是一次历练，对我更是一次提升。为了这次活动，伙伴们在磨课中共研、共促、共成长。两位老师站在全区教学的舞台上，向全区的小学语文骨干教师展示了小学语文名师工作室的课堂教学，两节课都闪现出光芒，体现了先进的理念，培养了学生的能力，渗透着团队精神和教师的专业素养。

四个小时的活动，就像电影镜头一样，在每一个成员的脑海中不断回放，就像冬日里漫天飞舞的雪花一样，润物细无声，启迪着我们的教育理念，净化着我们的教育情怀。

这次活动只是一个开始，工作室才刚刚起步，只有不断地在实践中反思，在反思中实践，我们的工作室才会走得更快、更远、更高。

水本无华，相荡乃成涟漪；石本无火，相击而发灵光。

2019年3月8日　星期五　春暖花开

趁着春天

金城兰州还在晨光熹微之时，伙伴们已经来到了城关区宁卧庄小学，参加王丰名师工作室举办的话题体验作文教学研讨活动。

王丰校长首先做了题为《话题体验作文的实践与思考》的报告，他详细阐述了话题体验作文这一命题的缘起，这个背景成为工作室成员研究这一课题的动力支撑，能够在语文课上挤出时间实践探索，也提出了一个教学主张——“话题体验作文教学”。

“为了保证探索时效性，上课教师不仅要把握好小学生话题作文相关性、自由性、互动性、生活性的特点，也要确定好训练话题，选好引入形式。”王校长的报告言如甘露，音如春雨，平缓地飘向工作室成员的内心，滋润无声胜有声，给老师们打开了思路。

三节话题作文展示课也很有看点。

六年级的“朋友”，执教的黄老师用一首歌《朋友》引入课题，整堂课都像一位朋友一样，和孩子们围绕“朋友”这一话题展开讨论。通过简单质朴的引导，孩子们知道朋友可以是自己的同学，也可以是家长、老师、邻居，甚至植物、动物，不同的友谊也可以体现出不同的情谊。

四年级的“牙齿”，戴老师语言风趣幽默、思维活跃，通过分享自己的亲身经历，讲述引人入胜的故事，角色扮演使孩子们打开倾诉的闸门，自己与牙齿有关的经历瞬间跃然纸上。

六年级的“别人家的孩子”，胡老师注重用真情感染学生，待学生情绪高涨蓄势待发之际，再让孩子们真情流露，用真实的呐喊表达自己。她在之后的反思中提道：“学生的作文常常要经历‘为什么写作’‘写什么’‘怎么写’这三个阶段。”实际上，对于广大教师来说，写作教学是一个难点，对于大多数学生来说，写作文也是头疼至极的一件事。

“话题体验作文”这一命题的出现，不失为一个良好的导体，通过一个确定的话题，去完成一个片段，或者一篇习作。写出好文章的基础就是生活体验，生活是作文的源泉。学生应该在及时总结生活经验的基础上，多阅读积累。作为老师，要多关注学生的写作需求，重点指导，把情感播种在学生心间，让笔触更鲜明，文字有温度，思想有意蕴。

返回的路上，天气依旧很冷，但伙伴们谈笑风生，春风一吹，连头发都很开心。

趁着春天万物生！

2019年3月21日　星期四　春风和煦

一个接一个

工作室骨干老师狄海峰今天要讲公开课，讲的是《一个接一个》一课，这是统编版一年级下册语文第二单元的第三篇课文——日本童谣诗人金子美铃的作品。她用儿童最自然的状态来体验、感受这个世界，用最接近儿童的语言表达简单的内心世界。

狄老师不光语言风趣幽默，肢体语言也相当丰富。课堂上不时传出孩子们的笑声。

听，她开始读诗了，把“快回家睡觉！”“该起床上学啦！”读出了妈妈的味道，一边读一边做着动作，一年级的宝贝们被她的声音吸引住了。

月夜，正玩着踩影子，
就听大人叫着：“快回家睡觉！”
唉，我好想再多玩一会儿啊。
不过，回家睡着了，
倒可以做各种各样的梦呢！

正做着好梦，
又听见大人在叫：“该起床上学啦！”
唉，要是不上学就好了。
不过，去了学校，
就能见到小伙伴，多么开心哪！

正和小伙伴们玩着跳房子，
操场上却响起了上课铃声。
唉，要是没有上课铃就好了。

不过，听老师讲故事，

也是很快乐很有趣的呀！

别的孩子也是这样吗？

也像我一样，这么想吗？

听，她带着孩子们读诗时，仿佛她自己变成了一个小孩子，声音又脆又嫩，听课的老师被她感染，孩子们也读得很起劲。

开始做游戏了。“跳房子”“踩影子”……一个接着一个玩。教室里成了孩子们的游乐园。狄老师在孩子们中间跳来跳去，老师们在笑，孩子们玩得不亦乐乎。

再次朗读课文，孩子们竟然读得入情入境，很快就背下来了。

写字的时候孩子们很安静，狄老师也终于“安静”了。

狄老师寓教于乐，寓学于趣。孩子们在玩中学、在学中玩，始终怀着快乐的心情学习，有了情感的体验之后，学习的热情更加高涨。

一年级的孩子们进行《一个接一个》课文的学习，没有一个孩子注意力不集中。

课堂里有一个像孩子一样的老师，让我想起陶行知先生的一句话：我们必得变成小孩子，才配做小孩子的先生。

2019年3月28日　星期四　碧空万里

“新”光绽放

“新竹高于旧竹枝，全凭老干为扶持”，在骨干教师的引领下，工作室种子教师自信地站在了成长的课堂中。

“大漠孤烟直，长河落日圆。”一句悠扬的古诗拉开了工作室种子教师展示课的帷幕。

舟，渡人从此岸到彼岸。师，引学生从无知达于智慧。干练洒脱的刘莎莎老师执教四年级《沙漠之舟》，整堂课求真务实、自如开放，教师能深谙教材，找准目标，结合问题导学，体现了自主学习的教学理念，通过“读、画、填、写”的方式，让学生补充课外资料、当动物解说员，从课内延伸到课外，教学内容直指语文核心素养，为我们呈现出一个灵动大气的课堂。

美丽大方的高雅琼老师执教二年级《蜘蛛开店》，风格迥异，独辟蹊径，先学后导。该课从预习入手，精准切入，注重识字教学，在讲解“商”字时，对照阿凡提头像，不教自明，足以让孩子终生难忘。她寥寥数笔，一张醒目的蜘蛛网就展现在黑板上，显示出了高老师的教学素养。尤其是讲故事、演故事环节，将课堂教学推向了高潮，既升华了文本，又提升了学生的阅读能力。在读书中识字，在识字中阅读，在感悟中表演，在表演中品味，方法的引领和能力的培养环环相扣。

一堂课的成功就是让孩子们会识字、会写字、会读书。

“蜻蜓半空展翅飞，蝴蝶花间捉迷藏……”一年级《动物儿歌》执教者徐亚男老师，用抑扬顿挫的范读、亲切温柔的激励深深吸引了孩子们，她注重积累、注重现代教育技术，通过读书识字写字展示学生当堂的书写成果，课堂气氛活跃，充满趣味性，从而调动学生的积极性。在与学生互动后，徐老师还及时进行了评价并鼓励孩子。

难能可贵的是她还注重学法指导迁移。在“读—画—想—演—读”的环节中，通过徐老师的引导，学生即兴生成儿歌创作。课内拓展阅读《小蜜蜂》和《大公鸡》锦上添花，打通了课内外阅读的通道。推荐课外阅读金波爷爷的儿歌《红蜻蜓》《小鹿》和《昆虫记》更是高屋建瓴，将孩子们引领到广阔的阅读天地，有效实践和落实了统编版新教材“1+X”的阅读理念。

有一种精彩，叫朝气蓬勃；有一种欣赏，叫平实。温柔甜美的陈红梅老师上课了，她执教的是一年级《四个太阳》。“绿色的太阳爬楼梯，金黄色的太阳温暖你……”“颜，（页字旁）右边的小脑袋，在想什么？”“你是爸爸的小棉袄……”温馨亲切的语言，精妙无痕的设计，巧妙的梯度训练，自然的积累运用。整节课顺学而导，一切为了学生——识字、写字、说话、读文，每一个环节都是在服务孩子，在老老实实教语文、扎扎实实练能力。

陈老师连接课内课外，有效挖掘教学资源，用儿歌《晒太阳》《种太阳》进行首尾呼应，巧妙地融入课堂，轻轻流入孩子心中，不留痕迹地播撒下阅读的种子。这样的课堂，让学生在不知不觉中快乐学习，在不知不觉中成了课堂的主人，在不知不觉中变成了学习的主人。

“新”光绽放，逐“梦”而行。

2019年4月15日 星期一 风轻云净

相遇在宁波

能走出去学习，是每一个工作室伙伴的渴望。

坐在火车上，我们一行六人都很兴奋，这是大家第一次走出家乡，赴浙江宁波学习。

这次的培训主题是“聚焦统编教材，落实语文要素”——中国语文报刊协会名师专业发展研究会2019年会暨首届教学观摩研讨会活动。

我们对统编版教材还是陌生的，对所有新的课堂和理念都充满好奇和思考。我第一次看到了张祖庆、薛法根、何夏寿等名师，他们带着团队将围绕统编版教材单元主题课堂教学、口语交际、整本书阅读进行展示课。

张祖庆团队带来的是整本书阅读，让孩子们带着问题阅读，大胆猜测，训练学生思维发展和口语表达能力，体现了“核心素养”视域下的小学语文教学特点。

张祖庆老师在讲座中说：“多读书，好读书，读好书，读整本的书。”这句话是过去几十年中小学阶段汉语文教育症结的对症良药，这剂良药需要长期坚持、不断努力方可见效。做到这一点对于不同学段的孩子来说，有不同的难点需要解决，需要家长、教师的共同努力。

“多读书，好读书，读好书，读整本的书”，并将整本阅读纳入课堂教学，这对我们来说也是良药呀！回去之后一定要带孩子们多读书、读整本书。

薛法根团队执教了三年级下册第七单元的《火烧云》《我们奇妙的世界》《海底世界》，教学思路清晰，结构严谨、环环相扣，过渡自然，处处体现亮点。在一幅幅画面、一声声惊叹中，孩子们自然而然地抓住了火烧云颜色和形状的特点，又通过对比朗读和自主学习，使孩子们了解了本课的语言特色，习得了表达方法，进而迁移运用，训练表达。

这三节课让我们第一次知道了如何围绕单元语文要素目标备课、上课、训练学生的语言表达。

上海师范大学吴忠豪教授和部分特级名师针对课例现场把脉，让参会教师在专家的引领下，对统编版小学语文新教材有更深入的认识和理解，掌握更加真实和自然的教学策略。

我看着站在领奖台上获奖的老师，很羡慕。我和工作室的伙伴们什么时候也能站在更高的舞台上展示自己呢?

相遇在宁波，相遇在中国语文。这次活动我们收获颇多，留给我们更多的是无尽的思考。

聚焦核心素养，落实语文要素，为我们2019年课堂教学改革指明了方向，增强了我们课堂改革攻坚的信心。

2019年5月9日　星期四　斜风细雨

一课三磨

白银区教学研究室组织开展了小学语文优质课竞赛活动，工作室的种子选手徐亚男、张丽勇敢挑战，参加了比赛。

“一篇课文，三次备课。”“一课三磨”的方式成就了于漪和薛法根老师。在本次活动中，工作室的成员决定效仿，一起砥砺前行，力争在一人赛课、团队磨课中共同成长。

徐亚男和张丽参赛课题目分别是北师大版教材四年级的《海上日出》和三年级的《最美的花束》。两位老师都是参加工作还不到五年的年轻人，也是第一次参加这样的公开课，从确定讲课开始，她们就对各学段的教学目标和教材内容进行学习和研究，熟悉教材内容、参考教学用书、阅读名师教案、观看课堂实录、主动请教师父，以沉淀自己的理念，拓宽自己的视野。

这个过程对她们来说是自我提升、自我修炼成长的过程。两位教师针对自己的设计进行说课后，团队成员进行研讨磨课。大家踊跃发言，智慧的启迪在讨论中碰撞，思想的火花在碰撞中闪现。课文的教学目标不能忽视人文教育，但切忌过于强化，造成语言本体性教学目标的边缘化，这两节课都必须重视语言文字的积累和训练。

两位教师根据团队研讨后的教学目标进行二次备课，并进行了展示课。课堂中学生有了生成，学生的学习有了意料之外的问题，又给了授课教师和团队成员很多的思考和启迪。

《海上日出》采用两段文字对比，让学生理解并积累词语“镶着”“重荷”“甚至”“负着”“分辨”“一刹那”“转眼间”，通过图文对照“一道红霞”“一片浅蓝红”“红是红得很，却没有亮光”“负着重荷似的一步一步、慢慢地努力上升”“冲破了云霞”“跳出海面”“颜色红得非常可爱”“夺目的亮光”……让学生积累并体会作者高质量的语言表达和口语化的区别。

通过三次磨课，两位教师自信地站在赛课的舞台上，她们不负众望，课堂中机智引导，圆满完成了教学任务，并取得了一等奖的好成绩。我为她们点赞，为她们的成长喝彩。

语文教学要淡化文本的分析，强化语言训练，不仅仅是挖掘文本，还要找出适合训练语言文字的点。文本解读要到位。怎么写？为什么这么写？怎么教？教给学生什么？要借助文本更好地训练学生的语言能力，应该将“阅读核心”变为“读写并重”，凸显学法指导，言意兼得，语言文字和语文思想内容都要让学生有所收获，这才是理想的语文课。

这次赛课，也给我们带来了思想的冲击、理念的提升和课堂教学观念的转变。我们要实现从教课文到教语文的华丽转身。

“理解与运用并重”就是要实现语文教学的两大目标：一是语言的理解，二是语言的运用。

2019年5月19日　星期日　风和日丽

又见名师

立夏的兰州槐花飘香，沁人心脾。

早上8点30分，工作室老师们就在北京第二实验小学兰州分校的多功能厅，和几百名来自全省各地的教师们齐聚一堂，大家满怀期待和热情，观摩和倾听名师名家的精彩课堂和专题讲座。

能见到名师管建刚和何捷，伙伴们都很激动。管建刚是全国著名特级教师、教育部首届教学名师、姑苏教育领军人才。终于等到了管老师执教的说明文写作课《音乐之都维也纳》。

整节课匠心独运，层层递进，既重视对基础知识的夯实，又注重结构关系的渗透，让孩子们在听、说、读、写中加深了对“围绕”关系的理解，体会了说明文的结构安排。

为了说明“围绕”，管老师站在中间说中心句，孩子们围着他说分句。这种别具一格的教学方式、耳目一新的教学设计，让参会老师如沐春风，如淋甘露。

阵阵掌声，是对课堂的感叹，更是对他的钦佩。课后，管建刚老师做了名为《作文教学：80%的问题在这里》专题讲座。讲座紧扣“作文是为了自我表达和与人交流”课标总要求而展开，针对现在小学生真实的生活状态和作文假、大、空的真实现状，进行了层层思辨。字字针砭时弊，句句振聋发聩，给在场每一位教师带来深深的震撼与思考。他告诉教师们，小学作文不管教什么、怎么教，都不要忘记究竟为何而写作。

作有得法，事半功倍。作文教学名家、“游戏作文”与“百字作文”创始人和倡导者何捷老师用两节课的时间上了《奇妙的想象》一课。他用亲切而有技巧的点拨，充分给予孩子想象、展示的时间，尊重孩子思维的发散。“引入—练写—展示—评价—教法—修改—展示”环节将一节完整的想象作文课清晰直观地展现在教师们的眼前。教学设计环环相扣，无懈可击，将师生互动、生生互动、师师互动完美结合。

何捷老师还破天荒地让孩子们向台下的老师提问，让课堂高潮迭起，令人拍案叫绝。

在讲座《想象作文教学的无为和有为》中，何捷老师告诉教师们，统编版作文习作要遵循基本要求：习作必须当堂完成，至少80分钟，两节课时间；孩子们的想象不可触碰，不能指导，但老师可教给学生一定的模板和套路，让想象变得清晰。

休息间，伙伴们挤上主席台，抢着和名师合影留念。那瞬间定格的微笑是美好，更是努力的见证。

路漫漫其修远兮，吾将上下而求索。

加油！伙伴们！

2019年5月23日　星期四　日丽风清

心灵的叩问

看着各位名师专家上了将近两个小时的课，孩子们还不愿意离去，一直在问："老师，你愿意留下来教我们吗？"我的内心被深深地震撼了，那一份震撼让我想起了之前每一次上作文课的苍白，那一份苍白又促使我思考：为什么人家的孩子能够奋笔疾书，写出那些有灵性的文字？我们真的会教作文吗？我们真的成为孩子内心深处敬仰的偶像了吗？

有人说，爱学习是孩子的天性，孩子失去学习的兴趣是因为大人用错误的教育方式扼杀了孩子的天性。

学习的过程是思考的过程、提升的过程。两天的学习、几天的思考，虽不能说已经取得真经，但的确触动了心灵，我不禁自问：我真的倾听到了孩子内心深处的声音吗？

我一直都认为，除了父母，老师是最了解孩子的人。但在作文教学名家何捷老师执教的《读绘本——慢溯心灵转角》一课时，我听到了衣食无忧的孩子这样发问：

世界末日什么时候来呀？

活着的意义是什么？

为什么人活着要用一辈子，死却是一瞬间的事？

我来这个世界到底做什么？只是在一张张试卷中失去自我吗？

听着一群十来岁的孩子谈论生死，我在那一张张稚气未脱的脸庞上寻找童真的同时不免哀叹：都说言为心声，文为心声。如果我们拿不到正确的钥匙，凭什么打开孩子的心门？凭什么在孩子的心田种下追求真善美的种子？凭什么指望它生根发芽、开花结果？

我们真的成为孩子内心深处敬仰的偶像了吗？

我们真的认真理解并落实了新课标的精神了吗？

几年的时间里，我已经数不清解读了多少次新课标。我也一直在按照新课标的要求，努力培养孩子观察的习惯和坚持的精神，却忽略了习作教学的第一要素，那就是培养孩子自我表达和与他人交流的意识。

自我表达是孩子真性情的流淌，也是心灵的主动成长。但是，我们却更多地用“是否有意义”的眼光批判着孩子的习作，忘记了鼓励孩子写更多“有意思”的、好玩的事，在无意之中忽略了孩子充满真性情的自我表达。

当我听到“写作文是孩子撒谎的开始”这句话的时候，我对以往的作文教学或多或少地产生了愧疚。我想我们真的应该用心研读新课标并落实新课标精神了。

经过观摩专家课堂展示和聆听专家讲座，我终于感悟到，方向对了，啥都对，方向错了，越努力越偏离。

很庆幸自己在知天命的年纪还保持着孩童般的学习天性，能够和伙伴们一起向名师专家学习。

我相信，保留着孩童般天性的人是爱思考的人，这些直面心灵的叩问会促进我们的提升，也会让我们多一些童真。

因为——

世界属于

让想象飞起来的孩子，

还有

那些不愿长大的成人。

2019年7月31日　星期三　骄阳似火

高山仰止

在陇原名师张艳平的带领下，我们一行13人带着满腔的激情来到天府之国，参加“第六届全国小语名家·写作教学种子教师深度研习营”。

第一次走进这个传说中的行知营，感受这种高强度、高质量、高难度的训练，赏课堂、听讲座、沙龙互动、整理笔记、写感受、群交流，我们忙得不亦乐乎。

第一次见到只有在电视上才能看到的“追星”场面，700多人的会场座无虚席，连走廊也加满了凳子。

第一次近距离地欣赏张祖庆、管建刚、何捷、蒋军晶、何夏寿等名家，第一次知道“老行知”们赋予他们温暖而亲切的称呼“佛祖”“管大”“老顽童”“戏迷”。

第一次感到从未有过的“恐惧”，研习营好似有强大的磁场和神奇的魔法，吸引祖国各地的教师“膜拜”，让你心甘情愿地提前一个半小时去占座位，每个人都斗志昂扬。行知营太“可怕了”！连我这个以“老”来当理由、想偷懒的教师也提前一个多小时去抢占座位，但因跑不过年轻人坐在了第六排，重要的是我为自己的这一行动感到吃惊。

一次次聆听，一次次震撼。这里充满了新颖独特的教学设计、高屋建瓴的理念引领、风趣幽默的语言机智、课堂生成的睿智引导、激励赏识的评价智慧。一招一式、一言一行、一举一动，都透着名家的素养和品格，每一天都被浓浓的求学氛围包围着，被厚厚的教育理念环绕着，被深深的教育情怀感染着。

真正的“行知”是回家后的“回味”。4天的学习，眼睛不够用，耳朵不够用，手不够用，心也不够用，回家后还须细细“嚼”、细细“品”、细细“悟”、细细“用”。这样才能“行知营，不虚行”，寻求到点燃自己内心深处的那一盏灯，寻找到照亮心中的那一束光。

回家后的3天里，我的脑海像电影慢镜头一样闪现“唯有行，你才行”的种种场景，翻阅笔记，观看视频，仰视名家，俯视自己，提炼写作，提升自己，自我修炼……

“会夸是一种本事，要修炼。”有深度、有广度、有温度的管建刚老师这样说。

儿童写作，为童年存档，名师张祖庆这样做。

为素养而教，着眼未来，何捷老师的课堂风趣幽默。“水灵灵”的大眼睛里有童话，孩童般的笑声有磁场。他的标志性动作很智慧，充满力量。

几天的学习，我们只看到导师们的“冰山一角”，每个人看到的都是自己想看到的。何捷老师课堂上机智幽默的教学风格我们学不到，管建刚老师“小步走，不停步”的作文体系教学精髓我们拿不走，张祖庆导师卓越的文学底蕴我们一辈子也“长不出”。

留言板上，一位叫“天知道”的学员写道：“迷恋名师的技，必死！参透名师的道，必活！”来“行知”要有“空杯心态”，每个导师身上都有学习的地方，吸收长处，融入自己的思维，丰富自己的教育理念，改进自己的教学行动。我们应该看到导师们对教育的热爱和对孩子的喜爱；看到他们背后“十年磨一剑”的坚持；看到他们理论的高度、知识的厚度、人格的温度。

在仰望他们的时候，我叩问自己是谁？从哪里来？到哪里去？读了几本书？上过几节精彩的课？有自己的教学风格吗？写过几本教学随笔？我仰望他们什么？

行知营，一束光，自我修炼永不停。

2019年9月5日　星期四　金风送爽

岁月静好

时至初秋，依然绿意盎然，花色缤纷。

下午，工作室“爱阅读　乐分享　共成长”读书交流活动在白银区第三小学举行。工作室导师王兆莲、李尚飞及工作室全体成员和三小语文老师参加了本次活动，工作室7位教师分别讲述了自己的读书心得，与大家分享了自己的阅读感受。

骨干教师魏家斌用极具专业性的语言和理论知识分享了教育思想大师潘新和的《语文表现与存在》，主张打造自然无为的课堂，实现诗意语文到诗意人生这一终极目标，要求老师既有专业，又有文化，努力朝大师级靠拢，因为语文的灵魂，绝不仅是语言文字，而是文化。魏老师认为，人应该诗意地安居在大地之上，行道利世。

在郭怡老师慷慨激昂的解说中，《课标教学新路》这一教学经典如一首老歌，值得我们永久回味。简简单单让课堂氛围轻松愉悦，教学智慧让课堂富有魅力，还语文生命的本色。

读书让一个人越来越有魅力，这一点在祁月芳老师身上展现得尤为明显，幽默爽朗的她带领大家放飞心灵，在生活的琐碎与繁杂中，与书相伴，与快乐相伴。

韦润花老师仿佛是一位现代散文大师，用清新甜美的语言将自己从小到大的读书之路娓娓道来，从童话故事到诗歌，从豆蔻年华到芳华已逝，她的心灵始终被读过的书浸润着。

工作室种子成员刘莎莎老师分享了读于永正老师的《于永正课堂教学实录Ⅰ：阅读教学卷》之后的两点感受：一是阅读课以读代讲，以读悟读，有层次有目标地读；二是带着思考去阅读，注重孩子个体的阅读能力，给孩子时间读，是为了更好地写。

在阅读了李镇西的《做最好的班主任》之后，陈红梅老师能够将书中的经验方法结合工作实际，智慧运用，用童心理解学生行为，努力走进孩子内心，成为一个幸福的人。

书本可以将各种信念注入我们的脑海。狄海峰老师在读书分享中，声情并茂地讲述了她和孩子一起阅读、一起实践的故事。没有时间，挤；没有动力，爱。当阅读点燃了教师的智慧，点亮了孩子的心灯，这样的阅读是有温度的，这样的教师是幸福快乐的。正如狄老师所说，因为爱，遇见爱，遇见美，遇见你！

工作室导师李尚飞做了指导：不论读怎样的书，要有自己的判断力，保持一个作为生命个体的不可取代性。读书，让人保持独立清醒的自我，读书，让我们在躁动的社会里安静下来。

在繁杂而丰富、紧张而忙碌的生活中，找出属于自己的安静的读书时光，让岁月静好。

2019年9月19日　星期四　秋阳杲杲

新教材，新挑战

9月，我们小学语文迎来了统编版教材。

新教材、新起点、新平台，这对广大语文教师既是机遇，也是挑战。如何用新教材教语文？工作室开展了“解析统编本，创新教语文”的主题教研活动。

作为主持人，我带头呈现了二年级《曹冲称象》一课的教学，运用全新的教学理念进行教学，把课堂交给学生，让学生自主探索，体验成功学习的乐趣。特别是在指导学生长句子朗读中循循善诱，我先让学生关注标点读出停顿，再让学生根据自己理解读出停顿，教给学生朗读的方法。

教学第四自然段时，我用称象课件演示了称象的过程来帮助学生理解曹冲当时是如何称象的，同时巧妙地借助教材课后题，提供言语支架，让学生抓住表示先后顺序词“先—接着—再—最后”把曹冲称象的过程说生动，说具体。通过指导，学生知道不仅可以借助小标题来把故事讲清楚，还可以加上关联词语把故事讲得更有序。我创造性地开发学习资源，营造了兴趣盎然的语文学习生活，取得了良好的教学效果，起到了很好的示范作用。

骨干教师魏家斌执教三年级的《写日记》，这是统编版教材三年级上册第二单元的习作训练，学习写日记也是第二单元的教学重点。

一是教学生写什么？为了帮助学生找日记里的素材，魏老师在课中设计了动物的情趣图活动，学生兴趣盎然，积极性高，参与面广。日记可以写心情，也可写一天中有意思的、重要的事。

二是教学生怎么写？为了帮助学生把事写具体、写明白，魏老师设计了游戏活动，进行了特别指导：写日记贵在真实和坚持，要有一双发现生活中美的眼睛，不但看到外在的事物，还要观察内心活动。让孩子们觉得写日记很简单，就是写出自己的事、写出心里的话。

三是将课堂延伸。介绍一些关于日记的名家名作，让学生感受写日记的价值，意识到写日记的意义所在，激发出写日记的欲望。

本节课用环环相扣、层层递进的教学模式引导学生表达，学生在轻松、愉快的学习氛围中自由表达，老师和学生是平等的对话关系，真正把主体地位还给学生。

这样教写作，孩子们都会写了。

骨干教师祁月芳执教六年级《桥》一课，教学从词语板块入手，接着赋予词语以情感，进而过渡到句子板块。课文中对洪水的描写非常精彩，这里的教学便是引导学生找出相关句子，读一读、品一品，既体会修辞的生动，也感受环境描写对小说情节的渲染推动作用。

在这个教学片段中，祁老师用非常简洁的语言引导学生自由发言，有点到为止的提示，也有恰到好处的鼓励。她通过仔细品读描写洪水的句子，让学生对小说中故事发生的背景有了更深的理解，帮助学生理解“老汉”这一人物形象，在学生对“老汉”有了一定的认识后，又让学生联系句子说原因，然后通过有感情地朗读表现出自己的感动，从而使学生与作者通过文本达到感情上的共鸣，真正做到了“以读为本”。

研讨活动中教师认识到，面对统编版新教材，教师一定要整合单元教学，要在课堂中落实单元人文主题和语文素养，具体策略是“以读为主”“以说为要”“以课后题为助力”“以运用为目的”。

教材是例子、方法，是范文。从读课文的学到教语文的法，再到写生活的运用，用教材教语文，让语文教学华丽转身。

本次活动提升了伙伴们对统编版新教材、新理念的理解，实践并探究了课堂教学中落实语文素养的策略，打开了新教材、新教法的一扇窗，起到了很好的示范引领作用。

2019年10月19日　星期六　天朗气清

也学牡丹开

周六，深秋的风夹杂些许凉意。

转眼间，工作室已经走过一年时光，年度总结会是必须举行的。

在图文并茂的课件演示中，记忆的闸门慢慢打开，思想的火花闪闪点燃，情感的小溪涓涓流淌。

在这一年当中，工作室秉承“搭平台、促成长、广辐射、共发展”的宗旨，在各级领导的组织指导下，团结协作、勤奋工作、抓住机遇，乘势而上，以饱满的精神和出色的成绩展示了名师工作室的风采，充分发挥了示范引领作用。

最是书香能致远。一年来，工作室购买了56本书籍。伙伴们每学期读4本教育专著，每月读1本教育杂志，并按时做好读书笔记。工作室举行了3次读书交流会，通过读书交流，大家读书的积极性、主动性明显提高，教育理论水平和人文素养得以明显提升。

他山之石，可以攻玉。“走出去”才能“长起来”，尤其是与全省乃至全国名师面对面地交流学习，能真正提升教师的人文素养与教学教研水平。一年来，工作室成员外出学习、观摩研讨8次。与名师对话不仅加深了对统编版教材的解析和理解，更是一次理念的提升、一次思想的启迪、一次与文字的对话、一次写作的提升。

读万卷书不如行万里路，行万里路不如阅人无数，阅人无数不如高人指路。通过亲近教育大师，汲取专家智慧，提升了工作室教师们的专业知识和能力，拓宽了老师们的视野，更激发了教师们的工作热情。

教研教改促发展，写作提升展风采。一年来，通过“骨干教师引领课”“种子教师成长课”“一师一优课”“青年教师汇报课”“优质课竞赛”“送教下乡”“名师讲堂”等活动，提升了骨干教师和种子教师专业素质、课堂技能。教师们观课议课，反思提升，砥砺前行，取得了喜人的成绩。

一年来，我们通过“制作美篇”“教学简报”“课堂反思”“教学随笔”“培训心得”“案例分析”“观课议课”“教学故事”“教育叙事”等写作平台，共制作了20篇美文和大量简报，在微信公众号上发表了50多篇教育教学文章。有的发表，有的获奖，有的记录自己的幸福生活。从刚开始的倍感压力到现在的积极主动，教师们不放过每一次锻炼和成长的机会，每个人都在慢慢成长，收获的种子已经在写作中发芽，希望将在不远处静静开花。

“苔花如米小，也学牡丹开。”工作室全体成员迎来了最激动人心的时刻——工作室室刊《成长》的首发仪式。我们的导师王兆莲校长郑重地把书赠送给每一位伙伴，伙伴们双手接过厚重的、散发墨香的、倾注自己心血的室刊，激动得就像迎来了一个刚出生的婴儿，内心充满了深深的爱与希望。

这一本薄薄的却又沉甸甸的工作室室刊《成长》，凝聚着工作室成员的认真与执着，折射出教师们的睿智与灵性，更洋溢着教师们的追求与幸福。它展示着全体成员“小荷已露尖尖角”的喜悦，“腹有诗书气自华”“读书万卷始通神”的魅力；闪现着培训路上“名师引领启迪智慧”的光芒；孕育着新课改“个个花开淡墨痕”的动力与方向；吹响了工作室成员们要与新课改一道成长的号角；记录着我们的进步、自信、收获、勇气和成长的点点滴滴。

我们在反思、交流中更加自信、勇敢；在总结、提升中更加坚定自己的目标；在探索研究中将会更加有力地迈开脚步。我们会努力书写《成长》第二季，携手更多的教师共同行走在幸福的研究之路上，“满园花开”的愿景将灿烂无比。

2019年12月15日　星期日　阳光普照

发光的人

今天，我走进兰州市东郊学校，参加首届兰州儿童阅读暨书香校园建设论坛。坐在第一排正中间两个“窃窃私语”的人物竟是著名儿童文学作家、摄影家、翻译家彭懿先生和亲近母语创始人、著名儿童阅读推广人徐冬梅女士。

彭懿老师的讲座开始了，这是我迄今为止听过最好的讲座。两个小时全程没有一句废话、套话，全是干货，金句不断，让我们时而大笑，时而惊叹，时而感动，时而沉思。

彭懿老师讲了很多故事。他先是讲了他和《我是夏蛋蛋》《不要和青蛙跳绳》《我用32个屁打败了睡魔怪》《野兽国》等作品的故事。然后，他开始讲自己的人生经验，他是复旦大学昆虫系毕业的，毕业后先后做过粮库害虫防治技术员、科教片电影编导、报社编辑、出版社编辑、自费留学生……从小就画画，当过12年的童书编辑，翻译过不计其数的图画书，创作过很多长篇小说、优质图画书。

他重点讲了他为创作摄影绘本《巴夭人的孩子》去马来西亚的经历，为创作《驯鹿人的孩子》历经千辛万苦去蒙古国北境取材，《山溪唱歌》中的溪流是他寻找了上百条溪流终于找到了陕西大巴山里面的溪流，《精灵鸟婆婆》则是他去到了新西兰南岛……

彭懿老师特别详细地分享了《巴夭人的孩子》《驯鹿人的孩子》这两本书背后的创作故事，我们听到很多细节，也深深为之感动。比如，说驯鹿人的孩子去上学要走四天四夜的路，天黑了累了就在路边睡下，第二天接着赶路。环境真的很恶劣，但那里的人活得很安逸，没有催促，没有大城市的时间紧迫感，这也是一种别样的幸福。

彭懿老师的讲座幽默风趣，偶尔带点小骄傲。因为他的骄傲完全是用实践、用行动、用付出换来的。他说：“背后付出了很多时间去行动，台前轻微骄傲地说一句，说真的，我已经觉得很谦卑了。”

压轴人物著名教育学者李庆明先生出场了，60多岁的大师一袭风衣、一条素雅的围巾，满身的才华，就这样站在舞台中央。他以讲座《撒播高贵的精神种子》向我们幽默风趣地道来。他讲得好、读得好、唱得好，他朗读的《秋天的怀念》，竟使在场的每一位听众热泪盈眶，一句“咱娘俩在一块儿好好活”饱含了千言万语，我想一个生命有着厚度和宽度的人才能对这句话有如此深刻的感受。

和精神发光的人在一起，能感受到他们的光芒从四面八方赶来、聚集，照亮我们。灿烂、发光的是他们的精神，光芒万丈背后是严谨的态度、精心的准备。

彭懿老师和李庆明老师都是年过60的人，但站在舞台上，讲他们对教育的情怀时，他们是那么年轻、帅气。是的，一个人精神世界的富足可以让他们年轻起来。

2020年4月10日　星期五　细雨蒙蒙

宅家“悦”读

延迟开学，改变了我们以往奔跑的节奏，“停课不停学”让我们进入一种全新的教育教学模式。

在区教研室引领下，工作室在3月份开展了“微课制作空中教研”活动，活动以在线指导、辅导学科基础知识、延伸知识、生命教育、健康教育和爱国教育等为主要内容，可以是指导学生阅读童诗、绘本、儿童故事、名著的课，也可以是记录生活、创意写话的课。

从3月1日开始，工作室每周展示3节微课，按照低、中、高年级的分类进行线上教学，起到了很好的带动、引领作用，得到了家长、同事和领导的好评。

线上学习这段时间，伙伴们关注了“语文榕”“祖庆说”“后作文时代”“名师课堂”“名师优课”等公众号，走进名师张祖庆、何捷、管建刚、王崧舟的网络直播课堂，听名师讲课、学习名师解读统编版教材的方法和策略，在课堂教学、学生习作、名著阅读等方面学有方法、学有感悟。

制作微课的过程中，伙伴们虚心学习如何下载软件，如何录制视频效果好，如何在美篇中插入视频。工作室骨干教师寇明亮首先推出关于制作微课的指导课《如何制作微课设计》《制作微课视频教程》《怎样制作微课》给伙伴们看得见、学得来的培训，有了目标，一切尽在努力中。

在宅家的日子里，我们每天坚持引领孩子们读书，经典诵读、绘本阅读、小古文阅读、主题阅读、童话故事、整本书阅读、名著导读等，让孩子们宅家的日子有书陪伴，不再孤单。

一年级的微课《逃家小兔》是一本以亲情为主的绘本，和我们之前读过的《我爸爸》《我妈妈》不同。前面读过的两本书主要侧重的是宝宝对爸爸妈妈的爱，而《逃家小兔》的重点放在了妈妈对于宝宝的爱上面，这种爱是一种放手的，默默关注、默默跟随的爱，正适合宅家阅读，有利于增进亲子关系，让学生懂得关爱。

二年级的微课《笨狼的故事》《七色花》《神笔马良》《愿望的实现》《一起长大的玩具》《大头儿子和小头爸爸》，是根据教材进行的拓展，是孩子们宅家的精神食粮。希望孩子们在读书中勇敢面对病毒，快乐健康生活。

高年级的孩子们在宅家的日子里要阅读《鲁滨孙漂流记》。在导读课中要让学生懂得，拿到一本书，要先看封面，再看前言，接着看目录，最后进行细读，和书中的主人公进行对话，边读边进行批注，把自己对主人公说的话写下来，也叫感悟。因为读者不同，品味的角度不同，已有的经验不同，阅读的感受是不一样的，我们鼓励孩子们要相信自己，爱上阅读，做一个独一无二的“悦”读者。

在整个活动中，伙伴们要写教案、制作课件、下载录制软件，还要一次次通过剪辑师录播，在“钉钉”上学习如何把PPT转换成图片，等等。过程是辛苦的，但看到一节节微课让更多的家长、教师和学生在每一天的课堂上阅读、写作、成长时，收获的不光是能力和技术，更是内心的喜悦。

随着活动的进展，教师们悟出了一个道理：只要有积极的心态和满腔的热忱，你想做的事一定会做成。

云课堂带给我们更多的思考，教育首先是唤醒，唤醒老师，唤醒家长，唤醒学生对生活的热爱、对阅读的喜爱、对自然的敬畏、对生命的感悟。

宅家阅读，我们一起成长。

2020年5月26日　星期二　湛湛蓝天

星火相照

每晚7点，我们准时相约“云端”进行线上现场直播培训。专家对新教材系统的解读，为教师掌握新教材体系、驾驭课本知识、提高教学质量起到了很好的指导作用。

老师们边观看边做笔记，不时地与专家交流互动，学习效果明显。大家在交流中，也认为这样的培训方式实用性强、很接地气，深化了对新教材的认识，明确了教学方向，是一次教学知识与方法的创新。

何捷老师对统编版教材助学系统的解读非常细致、实用，为我们立足统编版教材，打开了新的思路和方向，有利于更好地把握和利用新教材进行教学。助学系统往往是我们在教学中最容易忽视的点，何捷老师的讲解犹如醍醐灌顶，给我们的教学指明了方向，我相信有了方向的指引，心中一定会有目标，脚下的路会走得更加坚实。

西北师大和兰州城市学院几位专家讲解的主题“如何进行课题申报”系列，真的是一场及时雨。课题申报，对我们小学老师来讲是一个“盲区”。尽管我们年年写课题，年年申报，但希望微乎其微。四位老师专业化的解读，让我们真正认识到了什么是课题，认识到如何做好课题的选题，如何进行文献的查阅、论证与提炼，如何写好课题论证书，小到每一个细节，每一个标点符号，甚至课题的字数，老师们、专家们都做了详尽的介绍，真的让我们很感动。尤其讲到关键之处，老师们生怕我们听不懂记不住，要反反复复讲好几次，虽然素未谋面，但是隔着屏幕都能感觉到久违的亲切。

张艳平教授说：“疫情之下，可以更清晰地看到，我们每个人在茫茫宇宙里连一粒微尘都不及，但一群人在一起，再微小的力量也会发生一点点作用。‘星火计划’就是希望汇聚陇原大地更多的同道者一起学习，一起成长，认识自己，成为自己，摆渡自己，摆渡学生。”

我们忙碌而又充实地成长着，学习到更多的教育思想、教育理念，名师专家用自己精湛的学识、心有大爱的教育情怀、心中装着儿童的发展的教育理念，在深深地震撼着我们，影响着我们。

疫情虽然困住了我们的脚步，但是困不住我们的思想，“星火计划”陇原行甘肃小学语文教师研修培训学习给了我们最真实的生命成长体验。感恩大家！在教育的路上，我们愿做那一粒星火，带给他人光的温暖与温馨、美好与明亮。

2020年6月12日　星期五　骄阳似火

助力村小

上午，阳光明媚，美丽的三校分校绿树茵茵、鲜花簇簇。

工作室骨干教师狄海峰执教《大象的耳朵》，她在课堂中创新使用教材、挖掘教材语用的训练点、关注童话的文体特点进行教学，环节简单，学生学得轻松，语文素养落实到位，给听课的老师们很大的启迪。

我做了以“解析统编本，创新教语文”为主题的专题培训。就小学语文教学中存在的“知识点特别多，总觉得教不完，教学时吃不透，总感觉教得浅”“老教师穿新鞋走老路，新教师前所未有焦虑”等困惑与老师们进行了交流。每位老师都应有热爱教育的学习力、拥抱教材的解读力、文本教学的设计力、课堂实践的驾驭力、教育科学的研究力，结合狄老师执教的《大象的耳朵》以及多节课例，我从宏观、中观、微观三方面为老师们进行了答疑解惑。

下午，工作室一行来到金沟口中心小学送教送培。狄老师用她惯有的“狄式风格”、风趣幽默的肢体语言和表情启发引导孩子们规范学习，让孩子们在被信任、被重视、被激活中主动学习，不但得到了学生的喜爱，也得到了听课老师的掌声。

我的培训侧重教师的学习和写作，鼓励教师们学习统编版教材的编写理念，从核心素养宏观把握，从课程标准中观理解，从教材单元整合微观精准落实学生的语文素养。

一名教师的成长离不开课堂，更离不开阅读和写作，坚持不懈地阅读和写作，就会遇见更好的自己，要做一名有教育情怀的教师。

简简单单教语文，快快乐乐学语文，实实在在育素养。工作室行走在引领全区教师教研教改的幸福路上，在做好自己教学工作的同时，抽出时间开展“送教下乡”这一个具有突破性的活动。

以前总感觉要准备很长时间，迈出一步很难，但是这次在时间紧、任务重的情况下，我们有效地完成了一天两个学校的“送教下乡”任务，且得到了受培老师们的好评和领导的点赞。

与乡村教师同生共长！

2020年10月23日　星期五　天高云淡

携手教研

金秋十月，丹桂飘香。工作室在区六小开展“携手教研共促成长”送教送培活动，白银区各校小学语文教师共100多人参加了此次培训。

工作室骨干教师王成英执教的统编版四年级上册第八单元的《王戎不取道旁李》是一篇小古文。一开课，王老师与孩子们有趣热烈的互动就紧紧地吸引了大家的眼球。课堂上，她始终以学生为中心，用多种形式的朗诵引领孩子“读百遍，义自见”。

第二节课由工作室骨干教师祁月芳展示。她执教的是三年级群文阅读“童话中的奥秘——反复”，整合年段、单元、教材进行群文阅读，目标精准单一，整堂课围绕“反复”进行教学。祁老师以《卖火柴的小女孩》引入，让学生在熟悉的童话中明白反复的表达方法，接着，引导学生阅读类文《小壁虎借尾巴》，试着找“反复”，让学生用“反复”的方法自读《去年的树》《兔子的名片》，最后学以致用，用“反复”的方法创编童话，导、扶、放、用，一步步引领学生解开了创编童话的密码。

第三节课是白银区第六小学曾雪琴老师带来的统编版六年级上册第四单元主题课文《桥》。曾老师抓住小说环境、人物、情节三环节，紧扣单元素养目标，设计简单，课堂教学简单，引导学生通过品析文中的重点词句，体会人物高尚的品质，了解小说的基本特点。

三节展示课，教师们借助范例进行方法的传授，注重语文能力的培养，真正做到了用教材教，而不是教教材。参会的老师积极参与，从课程性质、教师教学、学生学习、课堂文化四个维度进行了专业化的议课。研读教材、统整教学、设计简单、目标精准、一课一得，老师们在议课中也畅谈了自己的理解和收获。

讨论交流、思想碰撞、气氛热烈，这是一次思想的碰撞、一次理念的交流、一次共同成长的机会，展示了工作室的整体教研水平，同时为全区语文教师提供了相互学习和交流的机会，让更多的教师在活动中得到了历练，获得了成长。

愿行走在教育路上的我们永远不失钻研的热情。

2020年11月1日　星期日　秋高气和

代表工作室发言

五泉山的泉水叮咚响，黄河边的水车在鼓掌。美丽的金城兰州传唱着耳熟能详的歌谣，讲述着和水有关的教育话题。

这个周末，工作室全体成员参加了“教育部中小学名师领航工程张艳平名师工作室授牌仪式暨教学研讨会”。在激动热烈又不乏庄严肃穆的气氛中，北京师范大学培养基地朱旭东部长为张艳平名师工作室授牌，他说，张艳平名师工作室将成为“若水童行”教育主张与实践策略的重要阵地，对带动全省教师队伍的整体发展意义重大，听着都让人激动。

读万卷书，不如行万里路，行万里路，不如高人指路。很多一线教师是读着上海师范大学吴忠豪教授的著作成长的，亲眼看见吴教授的真容，亲耳聆听吴教授的箴言是小语人的梦。上午，吴忠豪教授就语文老师最关注的问题给与会教师做了《语文教什么　语文怎么教——小学语文课程基本原理探求》的专题报告。

从一名白银地区的小学语文老师成长为兰州城市学院的教授，可以想象出张艳平老师多年的艰辛付出。出乎所有人意料的是，张老师在发言中分享的是很多人带给她的感动，是教师这个职业带给她的幸福，从她真情满满、笑容灿烂的讲述中，我们感受到的是“人生有梦不觉寒”。

教师的使命是用自己的真善美引领孩子寻找真善美。可以说，张老师自己就是一股清泉，默默滋养他人，从不诉说自己艰辛，用无声却执着的溪流唱响教育的欢歌。听着张老师的励志故事我很激动，同时也有些紧张。因为接下来我要代表工作室上台发言，下面坐着教育部的领导、北京师范大学的教授、甘肃省的领导和教育专家以及各地的教学骨干和优秀的校长们。

我深呼一口气，面带微笑，大步走上去，鞠躬问好，淡定了下来。

我用春风拂面的气息讲述着秋天橙黄橘绿的收获：从一开始面对统编

版教材的迷茫，到如今的多次参与国培；从一开始喜欢追剧，到如今爱上读书写作。我使语文的课堂变得开放，引领孩子们走向更广阔的阅读天地。在“用好语文书”“上好习作课”“办好习作报”中找到了教语文的幸福。在研读教材、读书写作、参加培训的日子里，逐渐找回了年轻时的自己，逐渐找回了做教师的初心，找到了教语文的新路径。

因为是真情实感，所以讲得很流畅。台下掌声响起，我自信地走下主席台，看到张老师给我竖起了大拇指。

这个周末很有意义！

2021年2月23日　星期二　春寒料峭

再当主持人

年味还未散去，书香的味道已浓。工作室成员一行12人来到靖远县，和这里的教师们一起参加了教育部中小学名师领航工程张艳平名师工作室·靖远工作站读书交流暨统编版教材培训活动。

作为本次活动的主持人，我很忐忑也很幸福。

当主持人是我从小的梦想。小时候听着广播里动听的声音，我无数次想象自己站在舞台上的样子。上师范时，毕业汇报演出是我主持人经历之一，至今仍难忘那闪亮的一幕。

时隔多年，再当主持人，对我来说是一次挑战，更是自我价值的实现。我穿上了淡蓝色碎花连衣裙，白色的小西服外套，这身“行头”让我精神百倍。

“律回岁晚冰霜少，春到人间草木知。”这次的主持，我感觉不错，根据老师们的分享临场发挥，主持过渡的串词也很流畅。让我感动的是张艳平教授为大家做了“若水童行一生阳光”的精彩发言，她介绍了“若水童行”小学语文教学主张的教育理念，从教师的“读书”“专业”“共生共长”三方面表达了工作室和靖远县教师共生共长的迫切心愿。

张艳平教授说：“对教师而言，读书首先是对自己生命成长的一种积累和完善，是对自己精神世界的一种重建和修补。教师的人生，就是一场旷日持久的精神修炼，我们要发现甘肃优秀教师，凝聚甘肃教育经验，为教师搭建‘亮剑’的舞台，若水童行，共生共长，用简单、本色的成长为大家展示教师的幸福。”

“人类最优美的姿态就是阅读，没有真正的阅读就没有教育。一个连学生阅读习惯的培养都不重视的学校，很难说是一所以学生发展为本的学校。在靖远县东升乡的一所村小学，有这样一群人，在默默地建设着孩子们的精神家园。校长王朝敏把培养教师和学生的阅读习惯作为学校教育的首要任务。没有书，校长带头捐；没人读，校长带头读。在晨光熹微的早晨，在暖阳慵懒的午后，和老师们一起读，和孩子们一起读，从不间断，从不放弃。有请王朝敏校长。”伴随着我动情的解说，王校长在大家的掌声中走上主席台。

“因教研而忙碌，因忙碌而快乐。这个寒假工作室六个学习小组的教师共同进行了1~6年级下册语文统编版教材的研读和课例研讨。下面有请他们带来精彩的分享。”活动在老师们动情的分享中结束了。

伙伴们的收获不仅仅有知识上的，还有精神上的，工作室的老师们把读书的理念深深地种在了靖远这片土地上，播种了大爱的种子、文化的种子、智慧的种子。